KB118247

매일의 빵

# 매일의 빵

*Daily Bread*

오월의 종 베이커 정웅의
빵으로 가는 여정

정웅 지음

문학동네

나는 빵을 만들고, 빵을 팔고,

그 돈으로 순댓국과 소주 한잔 사먹고 집에 간다.

행복하다.

10년 후에도 똑같았으면 좋겠다.

그렇게 행복하니까.

**차례**

프롤로그 반죽의 촉감 ___ 013

**빵으로 가는
여정**

내가 하고 싶었던 작은 일 ___ 017

빵이 식기를 기다리며 ___ 021

시멘트와 밀가루 ___ 025

지하철에 은은하게 풍기는 빵냄새 ___ 029

종소리를 따라서 ___ 033

양복을 입고, 넥타이를 매고 ___ 036

저기에 저렇게 큰 나무가 있었나? ___ 042

가게를 준비하면서 ___ 047

물물교환의 행복 ___ 051

빵 하나의 희망 ___ 055

맛있는 빵의 비법 ___ 059

맛없는 빵을 만드는 사람 ___ 064

나쁘지 않다, 지금 나는 ___ 070

**처음으로 빵이
다 팔리던 날**

내가 빵을 좋아해, 많이 ___ 075

솔직한 빵을 만들어야 한다 ___ 079

추저울과 자전거 ___ 083

새로운 시작 ___ 088

처음으로 빵이 다 팔리던 날 ___ 093

단풍나무가게에서의 짧은 추억 ___ 097

오직 빵을 위한 공간 ___ 104

빵 만드는 사람과 커피 만드는 사람 ___ 112

'경성방직'에서 만든 빵? ___ 120

직업으로서의 제빵 ___ 126

빵은 왜 밀가루로 만들까 ___ 130

빵의 시간을 존중할 것 ___ 135


**빵이 있는
풍경**

아이들과 처음 빵을 만들던 날 ___ 141

케이크는 사먹자! ___ 145

일기를 쓰듯 만드는 빵, 호밀빵 ___ 150

가장 만들기 어려운 빵, 바게트 ___ 153

달콤한 기다림의 빵, 슈톨렌 ___ 156

모두가 좋아하는 빵, 소보루빵 ___ 159

막걸리로 만든 빵 ___ 162

한 장의 레시피를 위하여 ___ 169

반드시 천연효모로 만들어야 할까? ___ 172

발효에 관한 생각 ___ 179

재료에 관한 생각 ___ 185

내가 빵을 만드는 방법 ___ 196


**빵과 함께하는
내일**

일본의 평범한 동네 빵집 ___ 207

빵 속에 숨은 사람들 ___ 213

친구 같은 손님들 ___ 218

Achso! ___ 227

함께 빵 만드는 동생들 ___ 231

변해야 할 것과 변하지 말아야 할 것 ___ 235

큰 빵집과 작은 빵집 ___ 239


에필로그 "오늘" ___ 247

베이커가 소개하는 여섯 가지 레시피 ___ 253

# 반죽의 촉감

비가 내리기 시작하면 심장이 뛴다. 작디작았던 어릴 적 희미한 기억 속에서도 비가 오는 날이면 늘 그랬다. 신문지 한 장 들고 나가 우리집 옆 양옥집 계단에 깔고 앉아 비 내리는 풍경을 고스란히 보고 있노라면 세상을 다 가진 것만 같았다. 어머니께서는 어린놈이 별나다 하며 야단하셨지만 묵묵히 비 오는 날이면 줄곧 그랬던 것 같다. 비가 오면 세상은 수채화처럼 번져 마냥 아름다워 보였고, 소란스러운 사람 소리, 차소리, 공사장 소리가 모두 묻혀 빗소리만 참으로 고요하게 내 귓속에서 울렸다.

새벽에 내리는 빗소리는 지금도 나에게 가장 기다려지는 풍경이다. 손님 없는 새벽, 빵 만드는 공간은 오로지 빗소리와 빵냄새로 가득 채워진다. 빵을 만들면서 창밖 너머 비 내리는 풍경을 보고 있노라면 어린 시절의 그 가물가물한 장소 안에 앉아 있는 조그마한 나와 빗소리로 가득했던 그 풍경이 떠오르곤 하는데, 그런 날에는 무언가 조금 내려놓는 기분이 되기도 한다. 내가 지금까지 해왔던 일, 여기까지 걸어온 시간의 흐름들이 어떻게 빵을 만들고 있는 이 순간까지 이어졌는지에 관해 생각해본다. 작지만 소중한 풍경을 기억하며 지금 내 손에 쥔 반죽의 촉감을 마음껏 느낄 수 있다는 건 나에게 큰 행운이지 싶다.

빵을 만들기 전 나의 인생은 어찌 보면 고민 많은 여느 사람들과 다를 바 없었다. 특별히 다른 사람들보다 힘든 시간을 보냈다고 할 수도 없다. 빵에 관해 남다른 관심이나 특별한 재능을 보인 것도 아니었다. 그저 흐르는 강물 위에 떠서 흘러가는 나뭇조각 같았다 할까. 누구나 느낄 법한 감정들을 겪으며 살아왔다는 것이다. 그러나 지금 이 순간 빵을 이야기할 수 있기까지 남들이 알아챌 수 없는 나만의 길을 찾아 열심히 걸어왔던 것은 확실하다. 단순히 빵 하나에만 집중했던 것은 아니고, 그 일을 통해 내 시간들을 기쁨으로 채울 수 있다는 것에 행복해했다.

한없이 비는 내리고, 내 손을 거친 반죽은 어느새 오븐 속에서 노릇노릇 익어가고 있다. 담백한 빵냄새 사이로 비지스의 오래된 노래가 흐른다. 삶이 무르익어가고 있다.

빵으로 가는 여정

## 내가 하고 싶었던
## 작은 일

사실 나는 빵 먹는 것을 그리 좋아하지 않았다. 실제로 내가 스스로 빵을 사먹는 일은 거의 없었다. 생각해보면 초등학교 시절 급식으로 나왔던 소보루빵도 먹다 남기곤 했었다. 빵 자체보다는 반죽을 만들고 성형을 하고 발효를 지켜보고 오븐 속에서 변해가는 빵의 색깔과 냄새를 느끼는 과정에서 매력을 느꼈던 것 같다. 다른 사람들의 개입 없이 혼자 움직여서 만들어지는 결과물을 온전히 나의 것으로 가질 수 있다는 만족감. 그것이 나를 기쁘게 해줄 수 있을 거라 믿었다.

나는 왜 남들이 보기에는 뜬금없고 전혀 어울릴 것 같지도 않은 일에 갑작스레 뛰어들게 되었을까. 거울 앞에 서서 나의 모습을 보려 해도 나보다는 다른 사람들, 내가 아닌 다른 형상들이 비춰지는 것 같았다. 주변 사람들에게 잘 보이고 싶고, 좋은 사람이라는 말을 듣고 싶은 심정으로 만들어진 가짜 모습이었다. 타인을 의식하는 일에 얼마나 열중했으면 나의 진짜 모습마저 잃게 되었을까. 내 삶은 진정한 내가 아닌 헛된 가식과 우월함의 과시로 점철되어 있었다.

그때쯤이었다. 내 손으로 직접, 시작도 끝도 내 의지로 할 수 있는 일을 가지고 싶었다. 늘 다니던 길에 있던 빵가게를 눈여겨보며 빵을 만드는 일과 내가 하고 싶었던 소박한 일을 마음속에서 맞춰보곤 했다. 회사에서 사표가 수리되던 날, 양복 차림으로 제빵학원 계단을 올랐다. 나의 빵으로 가는 여정이 그렇게 시작되었다.

학원 안에서 나는 나이 많은, 그것도 제일 많은 학생이었다. 그런 연유로 사람들에게 떠밀려 태어나서 처음 반장도 하게 되었다. '나이 많은 학생'으로 불리며 남들보다 조금 일찍 학원으로 가서 늘 다른 학생이 모두 돌아간 뒤 늦게 학원에서 나왔다. 그 안에 있는 모든 것들이 내가 곧 익숙하게 다뤄야 하는 일이기에 좀더 잘, 좀더 다양하게 배울 수 있기를 원했다. 그걸 이해해주셨는지 선생님께서도 재료 정리와 준비, 장비 손질에 관한 일들을 내게 맡기고 상세하게 알려주셨다. 그렇게 1년을 처음 만져보는 반죽부터 그 응용까지 바쁘게 배워나갔다.

같은 반에는 고등학생도 몇 명 있었다. 처음에는 좀 어울리기

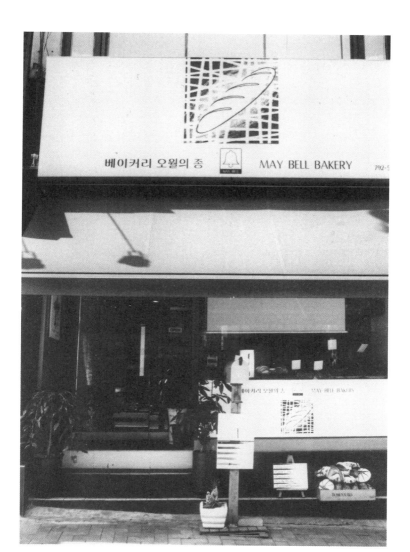

쉽지 않겠다 싶어 그저 빵 배우기에만 열중했다. 그러던 어느 날, 늘 지각하거나 자주 수업을 빼먹던 어린 친구 하나가 나에게 말했다. "아저씨는 연세도 있는데 너무 열심히 하는 것 아니에요? 살살해요, 몸 상해요." 약간 빈정거리는 투였다. 나는 그에게 이렇게 말해주었다. "서른한 살 나이에 비로소 빵을 알게 되었는데, 스무 살도 안 된 네가 빵을 만드는 걸 보니 정말 부럽다. 너는 나보다 훨씬 더 유능한 제빵사가 될 거야." 그후로 나는 그가 사주는 떡볶이를 함께 먹을 수 있었다. 내가 느끼고 싶었던 작은 행복이었다.

## 빵이 식기를
## 기다리며

빵이 얼추 식으면 그중 일부는 포장을 해야 하는데, 그 일이 끝나면 오롯이 손님을 기다리는 시간이다. 스케치북을 한쪽에 펴놓고 눈에 보이는 빵들을 하나하나 스케치해본다. 잠깐 동안 할 수 있는 일로는 제격이다. 때론 가게 한쪽에 놓아두면 나름 잘 어울리기도 한다. 캔버스에 네임펜으로 간단한 스케치를 끝내고 가게 밖에 두면 작은 간판 하나가 생긴다. 소소한 스케치는 잠시 동안의 휴식이자 가끔 쓰는 일기가 되고 물리적인 기억으로 남는다. 작은 그림 하나 걸려 있는 작은 빵가게. 언제나 마음속에 그려지고 누군가 앞으로의 계획을 물어보면 이야기하는 나의 아름다운 지향점이다. 나는 그것이 지금도, 또 10년 후에도 가장 행복한 모습이라 믿는다.

초등학교 시절, 글씨를 무척이나 못 썼다. 사실 그 시절에는 최소한 한글 쓰기를 습득하고 입학을 하는 경우가 보통이었으나 나는 많이 부족했고, 받아쓰기 시험이 늘 두려웠다. 게다가 글씨를 왜 그리 흘려썼는지 가정통신문에는 늘 글씨 연습에 관한 선생님의 타이름이 적혀 있었다. 하지만 교과서 곳곳에 낙서하는 일에는 게으르지 않았다. 쓰는 것보다 그리는 것이 훨씬 재미있었고, 수업보다 낙서에 빠져 있곤 했다.

일단 공부는 제쳐두고 본격적으로 스케치북을 가지고 다니며 그림을 그리기 시작했다. 무엇을 그려야 할지 몰라 닥치는 대로 이것저것 그려보곤 했다. 가끔 반 친구들이 도색잡지 한 권을 가지고 와서 전라의 여성을 원하는 자세대로 그려달라 했고, 나는 50원씩 받고 그 그림을 그려주었다. 사업을 시작한 것이다. 물론 얼마 지나지 않아 그 대가를 치러야 했다. 선생님께 발각되어 매를 맞고 불량한 학생으로 낙인찍혔고, 작은 학교 안에서 졸업하기 전까지 늘 그런 시선을 받아야 했다. 하지만 난 별 상관 없이 잘 지냈던 것 같다.

고등학교 시절, 기독교 재단 학교에 다니면서 기도라는 행위에 대해 생각해볼 수 있었다. 내 가족들도 나도 특별한 종교를 가지고 있지 않아서 학교 설문지 종교란에 "없음"으로 기재하곤 했는데, 때론 누군가에게 이야기하고 속마음을 털어놓는다는 것이 커

다란 도움이 된다는 사실을 알게 되었다.

　지금도 특정 종교를 믿고 있지는 않지만 가끔 비 오는 날에는 하늘에 계신 분께 이렇게 이야기하곤 한다. "저는 아직 괜찮아요. 살아갈 만해요."

　흔한 낙서질에서 스케치로, 나중에는 물감까지 다루면서 미술 대학을 가볼 수 있을까 생각하곤 했다. 당시에는 성적도 바닥이었고 학원비를 이야기할 만한 형편도 아니었기 때문에 자연스레 꿈을 접어야 했다. 하지만 지금 생각해보니 지금처럼 편하게, 그림을 소소한 취미로 즐길 수 있는 건 그림을 그려야만 하는 직업을 갖지 않아서일 것이다. 하늘에 계신 분이 도와준 것일까. 참 다행스러운 일이라 생각한다.

## 시멘트와
## 밀가루

대학 시절 나의 전공은 무기재료공학이었다. 사실은 이렇다. 그 시절에는 시험 한 번 보고 그 성적으로 대학이라 불리는 곳은 다 지원할 수 있는 아주 심플한 제도가 있었다. 첫번째 대학은 지원을 했으나 입학이 쉽지 않았고 두번째 대학은 전자계산학과를 지원했는데, 2지망학과를 쓰라고 해서 옆창구에 붙어 있는 학과명을 그냥 적어 제출했다. 결과적으로 무엇을 공부하는 과인지도 모르고 입학을 하게 되었다. 교수님과의 첫 면담 때 지원동기를 물어보시는데 과연 내가 무어라 대답을 했었나. "총 만드는 재료를 연구하는……" 떠올리고 싶지 않은 기억이다.

학원에서의 수련과정이 끝날 무렵, 제과점에 취직해 수습사원으로 일할 기회가 주어졌다. 순전히 제과점 사장님의 배려 때문이었다고 생각한다. 내가 속해 있던 학원을 함께 운영하던 제과점이었는데, 알고 보니 무척 유명해서 쉽게 취직하기 어려운 곳이었다. 마침내 진짜 빵과 케이크를 매일 만들고 판매하는 현실의 장소에 입성하게 된 것이다. 리치몬드 제과점의 권상범 명장님. 처음에는 어떤 분인지도 잘 알지 못하고 그저 사장님으로 호칭하던 분이었다. 그분은 왜 내게 그런 귀한 기회를 준 것일까? 단지 나이가 많을 뿐 별다를 것 없던 어리숙한 견습생에게 업계 최고 수준의 가게에서 일할 수 있도록 배려하는 게 보통 쉬운 일은 아니었을 것이다. 정말 뜻밖에 일할 기회를 주셨는데, 어찌 보면 빵 만드는 길을 처음으로 열어주신 분이기에 늘 감사하고 있다. 빵집에 빵이 있기 전에 사람이 있어야 하며 빵 만드는 사람은 진정성을 가진 사람이어야 한다고 하신 말씀도 오래 기억한다.

　많은 사람들의 도움을 받았다. 제빵학원과 제과점에 들어가 단순히 빵만 배우고 나온 것이 아니다. 그 속에서 나는 일을 대하는 진심을 배웠다. 그리고 함께 일하는 사람들에 대한 존중도 배웠다. 사람들마다 성격이 다르고, 마음씨도 다르며, 좋아하는 빵도 다르다. 누군가는 조금 부족해 보일 수도 있고, 다른 누군가는 남들보다 뛰어나 보일 수도 있다. 하지만 세상을 살아가는 일에는 정답이 없어서, 무작정 앞서 나가려 하면 결국 주변에 아무도 없게 되어버린다. 때론 다른 이의 손에 이끌려, 때론 다른 이의 손을 이

끌며 함께 살아가는 법을 빵을 만드는 사람들을 통해서 배웠다. 무수한 종류의 빵이 있고, 그만큼 다양한 재료와 공정이 또한 존재한다. 잘못 만든 빵은 있지만, 틀린 빵은 없다.

구하기 힘든 비싼 재료, 독특한 방법이 중심이 아니라 자신의 의지와 선택으로 원하는 빵을 만드는 진정성 있는 베이커baker가 되고 싶다. 재료의 풍미를 완전히 끌어내고 공정을 적절히 조절함으로써 의도한 바를 빵으로 표현하고 싶다. 시멘트 대신 밀가루를 선택한 나의 진심이다.

## 지하철에 은은하게
## 풍기는 빵냄새

　리치몬드 제과점에서 빵과 케이크, 아이스크림 등을 경험하면서, 나는 오븐에서 구워져 나오는 빵에 좀더 관심이 생겼다. 자연스럽게 부풀면서 점점 아름다운 갈색을 띠는, 향긋한 냄새로 주방을 가득 채우는 그것에 대해 많이 알고 싶은 마음이었다. 그래서 무조건 빵을 많이 만들 수 있는 빵집으로 가기로 결심하고 정글짐 베이커리라는 가게에 입사지원을 했다. 물론 많은 나이 때문에 걱정은 했으나 다행히 일할 수 있게 되었다. 지금도 그렇지만, 그 당시 제과점이라 하면 빵류와 케이크류를 둘 다 만드는 게 일반적이었다. 대체적으로 이윤이 많이 남는 케이크 쪽 제품에 좀더 많이 신경을 쓰는 추세였으나, 그곳은 남다르게 빵의 종류를 훨씬

많이 만들고 드물게 천연효모를 사용하는 곳이기도 해서 늘 관심을 두고 있던 차였다.

나는 그곳에서도 나이가 가장 많은 직원이자 막내였다. 매일매일 새로운 빵들을 경험하며 배워갔다. 특히나 천연효모를 이용한 베이킹을 처음 접하게 되면서 호기심과 즐거움을 느꼈고, 이것을 좀더 깊이 파고들고 싶은 열망이 생겼다. 나이 많은 사람이 합류하니 기존 직원들은 그리 반기지 않았지만 시간이 지나면서 조금씩 다가와주었고, 그럴수록 나 또한 열심히 일하며 그들에게나 스스로에게나 도움이 되고자 애썼다.

2002년 월드컵이 한국에서 개최될 즈음 작업실을 성수동으로 이전했는데, 야간작업시간에 반죽을 만들면서 골이 들어갈 때마다 주변 건물에서 함성을 지르는 것을 듣고 있으면서도, 나는 이렇게 빵을 만들 수 있다는 사실이 더 기뻤다. 그때는 빵을 무조건 많이 만들고 접하는 것이 원하는 것에 더 가까이 다가갈 수 있는 방법이라고 생각했다. 그래서 기회가 생길 때마다 나서서 일을 맡았다. 다른 직원들이 바게트 성형을 할 때 뒤에서 눈치껏 살펴보기도 하고 오븐에서 갓 나온 빵의 색깔을 유심히 관찰하기도 하고 재료의 성분분석표를 따로 메모하기도 하고 날씨에 따른 빵의 변화를 나름대로 기록하기도 했다. 배워야 했다. 나에게 없는 것을 채워야 했고 좀더 자세히 알아야 했다. 최소한 빵만은 나의 것으로 만들고 싶은 간절함이 점점 더 커져갔다. 바쁜 일과였지만 그 시간 동안 빵과 함께할 수 있다는 것이 참 즐거웠다.

어느 날 퇴근하는 지하철 안에서 옆에 앉아 계신 나이 지긋한 어른이 나에게 빵 만드는 사람이냐고 물어보셨다. "어떻게 아셨는지요?" 놀라서 여쭤보니 내 몸에서 온통 빵냄새가 난다며 미소지으신다.

빵 만드는 사람. 내가 나의 일을 찾아가는 길 위에 서 있음을 새삼스레 확인할 수 있었다. 정말 가고 있구나, 하고 생각하니 내 마음은 어느새 기쁨으로 채워지고 있었다. 이후 서래마을 지점으로 발령받게 되면서 빵뿐만 아니라 오븐, 발효기, 믹서 등의 설비와 재료들의 유통, 포장 및 단가, 전체 공정에 관한 조절 등을 폭넓게 경험할 수 있는 기회가 생겼다. 덕분에 본격적인 나만의 공간, 가게 준비를 위한 공부에 더욱더 열중할 수 있었다. 어느덧 아내와 약속한 기한이 다가오고 있었다.

물론 빵을 만드는 사람으로서 전문적인 실력을 쌓기에는 턱없이 부족한 시간이었지만, 제한된 시간이 오히려 빵을 배우는 데 집중할 수 있게 하는 요인이 된 것은 확실하다. 남들에게 완벽한 빵을 선보일 수준은 아니었지만, 주어진 여건을 충분히 활용했음에 만족했다. 마지막 빵작업을 끝내고 다 같이 저녁식사를 하는 자리에서 모든 직원들이 나의 퇴사와 앞으로 열 빵가게 준비를 축하해주었다. 나 역시 그들에게 입은 은혜를 오래오래 기억하고 있다.

## 종소리를
## 따라서

    학교 도서관에서 헤드폰으로 음악을 들으며 졸고 있었다. 참 들기 편한 음악이라는 생각이 들어서 제목을 찾아보고 가사도 번역해보았다. First of May. 비지스의 노래였다. 순수하고 푸르던 어린 시절과 친구들에 대한 그리움을 표현한 노래다. 연습장에 낙서하듯 5월이라는 단어를 반복해서 적어보면서 언젠가 이 단어를 나와 연관된 어떤 일에 사용해보면 좋겠다고 생각했다. 그리고 오랜 시간이 지난 뒤 가게 이름으로 주저 없이 사용하게 되었다. '종'은 '오월'이라는 단어만 쓰기엔 좀 짧은 듯해서 붙인 것인데 나름 잘 어울렸고, 이렇게 '오월의 종'이라는 빵과는 연관 없는 이름의 가게가 생겨났다.

'오월'이라는 말 때문에 간혹 80년대 광주민주화운동과 연관지어 생각하거나 심지어 공산주의 추종자 같다는 식으로 나를 경찰서에 신고한 사람이 있었다. '종'이라는 단어를 종교적인 의미로 해석하는 사람도 있었다. 빵과 무슨 관계가 있다고 저런 이름을 지어 간판을 달았는지 다그치는 사람도 있었다. 전혀 빵집 같지 않아 보이는 가게 이름이 생각보다 많은 사람들에게 이상하게 보였나보다. 하지만 대부분의 사람들은 잘 어울린다고 생각하며 받아들이는 모양이다.

빵집을 처음 열었던 5월의 어느 날을 생각한다. 기쁜 일도 힘겨운 일도 너무나 많았던 그해 초여름 한낮의 햇볕을 생각한다. 이미 지나간 일들이지만, 돌이켜보면 그날로부터 나의 새로운 계절이 시작된 것만 같다. 생생한 그때의 경험들이 귀중한 자양분이 되어 지금의 가게 곳곳에 스며 있다. 커다란 결과를 위해서는 작은 것부터 시작해야 한다는 단순한 사실을 다시 한번 깨닫는다. 5월의 어린잎과 열매로 시작되는 한 그루 사과나무처럼 말이다.

항상 수많은 선택을 해야 한다. 그럼에도 어느 하나 쉽지 않은 날이 있는 법이다. 그래도 오늘은 불어오는 바람이 기분 좋은 날이다. 참 좋은 날이다.

## 양복을 입고,
## 넥타이를 매고

　사과꽃 향기처럼, 옛 기억들은 늘 조금 아리게 떠오른다. 나의 하루는 내일과 모레에 대한 걱정보다는 그날그날의 열정에 취했던 시간들로 그럭저럭 채워져갔다. 특별한 무엇을 얻고 싶다거나 어떤 식으로 나의 미래를 만들어가겠다는 고민은 정말 단 1분도 해보지 않았던 것 같다.

　대학교 시절 강의가 끝나고, 친구들과 어울려 술과 담배 연기에 묻혀 떠드는 것이 딱 내가 하고 싶은, 할 수 있는 일이었다. 더이상 무엇이 되고 싶은 생각도 없었던 것 같다. 군복무가 남아 있었기 때문에 졸업 후 바로 취업해야 한다는 부담도 없었다. 그렇게 사람들 사이에 묻혀 따라가면 될 듯싶었다. 졸업하고 군대생활을 하면서도 그저 남들이 하는 대로 움직이면 불편하지도 않고, 뭐라 하는 사람도 없었다. 굳이 무엇을 선택하고 고민하며 살고 싶지 않았다. 전역하고 첫 회사에 입사해 일하는 동안에도 마찬가지였다. 늘 그렇듯이 어려움 없이 다른 사람들이 하는 만큼만 따라 했다. 그때까지만 해도 입학, 졸업, 군대, 회사로 이어지는 시간을 대체적으로 잘 이어나가고 있다 생각했고 나 자신이 참 괜찮은 사람처럼 여겨졌다. 남들이 나에게 성실하고 열심히 잘한다고 이야기해주는 말들을 의심 없이 믿었다. 더 많은 칭찬을 듣기 위해 나는 늘 노력했던 것 같다.

사실 군대에서 전역한 후 대학원에 복학을 해야 했기에 그간 R.O.T.C를 하며 받은 월급을 꼬박꼬박 모아 등록금을 준비했었다. 하지만 집에 갑작스러운 문제가 생겨 돈을 보태야 했다. 잠시 고민한 끝에 그 등록금을 아버지에게 보내고 어떻게든 되겠지 싶은 마음으로 한동안 북한산성 골짜기 계곡으로 매일 출근하다시피 했다. 그저 책 하나 펼쳐놓고 하루종일 앉아 있었다. 무엇을 해야 할지 몰랐고, 하고 싶은 것도 없었다. 그렇게 한 달 여름 아무 일 없이 늘어져 있었는데, 대학 동기가 자신이 다니는 시멘트 회사에서 직원을 구한다고 말하며 나에게 입사를 권했다. 면접 후 입사가 결정되고, 신제품 영업팀으로 발령받았다. 난생처음 해보는 영업이란 것이 생각보다 쉽지 않았다.

내가 맡은 업무는 타사 대비 우리 제품의 우수성과 경제성을

적극적으로 홍보한 후 공급권을 획득하는 일이었다. 처음엔 건설 회사 정문 관리실조차 통과하기 어려웠다. 하지만 시간은 나를 그런 낯섦마저 누구나처럼 익숙하게 만들었고, 그 일을 점점 내가 해야 하는 일로 받아들였다. 거래하는 회사가 한 곳 두 곳 생기면서 실적도 오르고 자신감도 생겼다. 나에게도 다른 사람들처럼 아침에 출근하는 회사가 있구나. 양복과 넥타이가 내 몸처럼 익숙해졌다. 거리를 가득 메운 퇴근길 회사원들 사이에서도 꽤나 잘 어우러지는 모습이 되었다. 반면 비슷비슷한 모습의 사람들 사이에서 나를 쉽게 찾을 수도 없었다. 남들과 비슷해지고 사회에서 이탈되지 않았음에 안심해하면서 그냥 이렇게 살면 되는 건가 싶었다. 적당히 묻혀서 대충 나의 흠을 감추고, 조금 잘난 체도 하며 살았다. 그때는 다들 그런 것 같았다.

## 저기에 저렇게
## 큰 나무가 있었나?


  점점 더 잘나고 싶었다. 남들에게 좋은 말을 듣기 위해 없는 것을 있는 것처럼 속였고 모자란 모습은 감추려 애썼다. 거짓말과 거짓행동이 늘었고 점점 습관화되고 있었다. 아는 이들의 이목을 끌기 위해 나는 베풀어야 했다. 1000만 원이 넘는 술값은 내 통장을 늘 바닥으로 만들었다. 초라한 집에 사시는 부모님을 원망했고 나를 걱정해주는 몇 안 되는 사람들에게 독설을 내뱉었다. 그들에게 서운함을 표하며 필요 없다는 손짓으로 멀리 떠나게 했다. 그렇게 사람들 가운데서 주변으로, 점점 멀어지고 있었다.

  회사를 떠나야 한다는 생각은 어느 사이 가슴 한켠에 조그맣게 자라나기 시작했던, '나 자신에게로 가는 일'을 찾아야 한다는 마음에서 비롯되었다. 언제부턴가 나는 늘 고개를 떨구고 생각에 잠겨, 지친 모습으로 회사를 다녔다. 근처에 빵을 만드는 제법 큰 가게가 있었는데, 나는 매일 지나가면서도 크게 신경쓰지 않았었다.

어느 날, 회사 5층 화장실 창문으로 바라다보이는 풍경이 매우 낯설어 보였다. 저기에 저렇게 큰 나무가 있었나? 늘 그 밑으로 다니곤 했지만 이토록 큰 나무였는지 새삼 놀랐다.

나는 몰랐었다. 몇 년 동안 매일 지나다녔던 이 길가에는 내가 한 번도 보지 못했던 것들이 널려 있었고, 그것들은 신기할 만큼 낯설게 다가왔다. 남들 사는 것처럼 살다보니 아무것도 보이지 않았던 것이다. 그냥 그 길 안에서 다른 사람들처럼 무심히 걸어가는 것이 그때의 내게는 지극히 정상적인 일이었다. 그 길을 벗어날 용기도 없었고 오히려 떠밀려 밖으로 나오지 않으려고 애를 쓰고 있었다.

세상에는 내가 가보지 못한 또다른 풍경이 있구나. 작지만 새로운 모습들이 이미 내 주변에 무수히 함께하고 있었음을 비로소 느낄 수 있었다. 내 눈으로 그런 것들을 직접 보고 느끼고 싶었다. 자유로워지고 싶다는 생각이 마음 한구석에 서서히 싹트기 시작했다.

납품권을 선택받기 위해 동종업계 경쟁사들이 한자리에 모여 각 회사 제품의 우수성을 설명하고 제품 관련 자료를 제출하는

자리에서, 나는 문득 그 광경을 유심히 관찰해보았다. 상대 회사의 부장, 상무, 때론 사장 같은 사람들의 모습을 관찰하다가, 잠시 밖으로 나와 생각에 잠겼다. 시간이 지나 부장이 되고 사장이 되어도 지금 내가 하고 있는 일을 똑같이 하고 있겠구나. 높은 자리에 올라 성공해도 결국 판에 박힌 생활을 하고 있게 될 것이라는 생각. 갑자기 두려워졌고, 지금 벗어나지 못하면 영영 벗어나지 못하게 될 것만 같은 두려움이 밀려왔다.

며칠이 지나, 나는 사장님께 일을 그만두겠다고 말씀을 드렸다. 계속되는 설득과 함께 마음을 바꿔보라는 진심 어린 제안을 받았다. 당시 사장님은 나에게 참 존경스러운 분이었고 큰형님을 따르는 마음으로 함께 일해왔던지라 꼭 그분에게 허락을 받고 그만두어야 한다고 생각했다. 많이 아쉬워하셨지만, 결국 그럼 나가서 너의 일을 한번 해보고 안 되면 다시 오라고 억지 허락을 받아냈다. 물론 지금은 내 빵이 정말 맛있다고, 참 잘한 선택이라고 어깨를 두드려주시는 든든한 분이시기도 하다.

그리고 허락을 받아야 할 또 한 사람. 바로 아내였다. 회사를 그만두고 빵을 만들어보겠다고 말했을 때, 나의 얼굴을 한참 바라보고 하고 싶다면 해야지, 하고 짧지만 강하게 말을 해주었다. 어찌할 수 없어 대답한 것이 아니라 할 수 있다면 제대로 해야 한다는 의미로 나는 받아들였다. 아내에게 4년이라는 시간을 허락받았다. 4년 후 가게를 차리고 받던 월급에 준하는 돈을 집으로 가져오기로 했다. 신혼 초였고 아직 아이도 없을 때여서 아내 역시 직장생활을 하고 있었던 터라 조심스레 건넨 조건이었다. 4년. 나에게 주어진 학습의 시간이자 최대한 노력을 쏟아야 하는 기간이었다.

사실 4년이란 시간은 빵을 접하고, 기술을 익히고, 가게를 준비할 만한 시간을 단순히 내 기준으로 계산한 것이지 그것이 정말 가능할지는 스스로도 의문이었다. 나에게 주어진 상황하에서는 꼭 그 시간 내에 해야 한다고 생각했고, 별다른 선택의 여지가 없었다. 정신없이 살다 어느 날 돌아보면, 그 시간은 온통 빵으로 채워져 있었다. 집에서는 잠만 잘 뿐 나머지 시간은 내내 반죽을 쥐고 오븐 앞에 서서 지냈던 것 같다. 빵 자체에 대한 열정이 유난해서만은 아니었다. 태어나서 처음으로 내 삶의 방향을 스스로 결정했다는 책임감이 더욱 크게 다가왔다. 사람들에게 "역시나" "안 된다고 했잖아" 등의 뻔한 소리를 듣기 싫었던 것이다. 더구나 지금이 아니면 다시는 주어지지 않을 귀한 시간이었다. 온전히 내가 시작한 일이니 이제는 실패해도 남 탓을 할 수 없었다. 그렇게 직장에 다니며 진급하고 은퇴하는 평범한 삶의 울타리를 벗어났다. 곧 정말 힘겹고, 그만큼 아름다운 풍경이 내 앞에 펼쳐질 것이었다.

**가게를
준비하면서**

　일하던 제과점에서 퇴사하고 본격적으로 가게를 준비하던 차에, 인테리어 회사를 경영하는 같은 과 선배를 찾아갔다가 뜻밖의 제안을 받았다. 현장 인원이 부족하니 와서 일을 도와달라는 것이었다. 좋은 경험이 될 듯하여 얼른 수락하고 현장으로 따라 나갔다. 상업공간은 아니고 12층 아파트 내부공사였는데, 딱히 실무 경험이 없는 나에게는 기초작업인 철거업무가 주어졌다. 먼지가 자욱한 공간에서 자재를 뜯어내다보니 목도 아프고 무척 힘들었다. 선배가 간식으로 피자와 막걸리를 사왔는데, 놀랍게도 꽤 좋은 궁합이었다. 막걸리와 피자는 입안에서 아주 좋은 맛으로 섞였고, 이를 기억해두었다가 나중에 막걸리를 이용한 빵을 만들기도 했다.

몇 번을 아르바이트로 일한 후, 선배와 나의 가게 모양에 대해 의논할 수 있었다. 그렇게 첫 가게는 선배의 작품으로 문을 열었다. 장소는 두 달가량을 발품을 팔아 눈에 들어오는 곳을 찾았다. 경기도 일산과 서울의 중간 정도에 있는 고양시 행신동이다. 경의선 철도가 지나는 행신역이라는 작은 역 부근, 아파트 단지 입구 근처의 모퉁이에 자리한 가게였다. 여러 상가와 사무실들이 입주하고 있던 4층짜리 건물의 1층이었고 마을버스 정류장이 가게 바로 앞에 있었다. 위층에는 사진작업실도 있고, 공공미술을 하는 작업실도 있고, 아름다운가게도 있었다. 양옆에는 미용실과 분식집이 있고 건물 맞은편에는 차량 정비소와 슈퍼마켓이 있었다. 지금도 그 가게들, 작업실들에 계시던 분들을 여전히 기억한다. 첫 가게 오픈을 늘 응원해주시던 고마운 분들이다.

월세를 계약하고, 선배에게는 가게 내외장작업을 부탁하고, 오븐과 제빵기계는 예전 일하던 가게의 설비를 맡아주시던 사장님께 부탁했다. 식재료 준비도 일하던 제과점에 납품해주시던 사장님으로부터 도움을 받았다. 더구나 오픈 준비 제품 제작도 일하던 가게의 직원분들이 오셔서 도와주었다. 결국 나의 첫 가게는 빵을 시작하면서 만났던 많은 분들과 학교 선배의 도움을 받아 열게 되었다. 지금 생각해봐도 얼마나 큰 행운인지 새삼 느껴진다.

한 번도 가보지 않은 길에 들어서는 낯설고 힘들었던 시간들.

BAKERY

MAYBELL
오월의종

MAY BELL BAKERY

BAKERY

BAKERY

2004. 5. 16

물론 분명히 최선을 다해 노력했지만, 그런 나를 도와주려는 사람들이 없었다면 결코 해내지 못했을 것이다. 그들의 도움으로 나의 첫 가게가 만들어질 수 있었다는 것을 늘 기억에 담아둔다.

오월의 종. 오래전부터 생각해둔 가게의 이름이었다. 먼 시간 앞의 기억을 끄집어내어 별다른 고민 없이 간판으로 만들어 걸고 마침내 문을 열었다. 새로 뽑은 직원 네 명과 함께 새벽부터 각종 빵들을 구워 진열했다. 첫 손님들을 맞이하면서 비로소 나의 생각을 실천해냈다는 것에 감격했다. 이제야 가족들에게 당당한 모습으로 다가설 수 있었다. 작은 가게지만 사장이라는 호칭을 듣게 되었다. 그렇게 나는 그 벅찬 시작을 마음껏 누렸다.

## 물물교환의
## 행복

간혹 빵가게를 준비하는 사람들이 나에게 조언을 구하러 잠시 들르곤 한다. 그들은 나름의 절박함으로, 혹은 단순한 호기심으로 빵가게를 여는 데 필요한 것들에 대해 이것저것 묻는다. 나는 먼저 잘될 거야, 라는 말을 건넨 뒤 가게 오픈을 결혼에 빗대어 그들에게 이야기한다. 결혼식은 꼭 해야 하는 행사지만 정말 중요한 건 그 이후라는 말이다. 남자와 여자가 만나 서로 결혼을 약속한다. 여러 힘든 과정을 거쳐 결국 어느 한 날 결혼식을 하며 행복해한다. 하지만 그들이 정작 살아가야 할 대부분의 시간들은 결혼식 이후다. 가게를 오픈하고 자신들의 꿈이 이루어질 것 같은 공간을 만드는 것도 중요하지만, 결국 그 가게를 지속 가능하게 유지하려는 끊임없는 노력과 인내를 통해야만 비로소 자신들이 그토록 원하던 행복한 시간들을 누릴 수 있는 것이다.

　나도 처음에는 정말 몰랐다. 가게를 오픈하는 것이 다가 아니라는 것을 말이다. 첫 오픈 날 이후 들어오는 손님은 점점 줄어들었고, 매일 머릿속에 매출표만 아른거렸다. 가게를 준비하면서 대출받은 돈의 이자, 월세, 재료비, 직원들 월급, 세금 등의 합계가 월 매출보다 조금씩 커지기 시작했다. 안 팔리는 제품들을 줄이기 시작했고, 그러는 사이 직원도 한 명씩 줄여야 했다. 처음 오픈하던 때의 기쁘고 들뜬 마음은 채 석 달이 되기도 전에 사라지고 당황스러운 상황만 맞닥뜨리게 되었다. 여러 가지 종류의 빵과 하고 싶었던 제빵방법 연구는 고사하고 안 팔려서 수북이 쌓여 있는 빵을 보며 점점 지쳐갔다. 정말 꿈에 불과했던 일인가, 싶은 마음에 한없이 바닥으로 추락하고 있었다.

　물론 크게 보면 이런 일련의 일들은 시작하는 과정에서 겪는 하나의 시련이다. 번잡하지 않은 교외의 작은 거리라고 할 수 있는 곳이기에 시큼하고 투박한, 조금 낯선 빵들이 입맛에 맞지 않을 수도 있을 것이다. 가끔 주변의 텃밭에서 경작한 가지, 오이, 호박, 고추 등을 어르신들이 들고 와서 빵과 교환하자고 하시기도 했다. 처음에는 당황스러웠지만, 곧 그분들이 몇 달을 정성들여 수확한 것들을 건네받을 때는 기분좋은 마음을 가지게 되었다. 빵가게 한쪽 바구니에 그날 수확한 야채며 열매들이 가득한 날은

뭐랄까, 돈을 받고 판매하는 것보다 교환이라는 가치로 서로의 관계가 더 크고 의미 있게 다가왔다. 또한 입맛에 맞는 빵을 골라 교환해가면서 손자 손녀들에게 나눠주리라 짐작해보면, 그분들의 지극한 사랑 역시 마주할 수 있었다.

　장사는 생각처럼 만만하지 않다. 가게를 지속적으로 유지하는 것이 쉽지 않은 일이라는 것은 어느 정도 예상은 했었다. 하지만 빵만 잘 만들면 판매는 자연스레 이어지리라 쉽게 생각했었던 것 같다. 어려운 상황이 길어지며 지쳤던 것도 사실이다. 처음이라 부족한 점이 많았던 내 가게에 들러주던, 정겨운 옛 손님들을 늘 생각한다. 논과 밭에서 계절 내내 땀흘리며 재배한 농산물들을 나의 빵과 기꺼이 바꿔 가져가던 고마운 마음들을 생각한다. 그들이 있기에 힘겨운 시절을 견뎌낼 수 있었던 것 같다.

## 빵 하나의
## 희망

　어디라도 그렇듯, 기차역 주변에는 그곳을 집 삼아 약간의 돈을 구걸하시는 분들이 계시다. 대가 없이 얻어서 생활한다고, 지나는 사람들이 귀찮다는 듯이 동전 한두 개 던져주고 자신의 선함을 과시한다. 물론 나 또한 특별한 느낌 없이 그들의 곁을 지나곤 했다. 어느 날 점심 즈음, 계절에 어울리지 않는 때 묻은 겨울 잠바를 입고 커다란 운동화를 끌듯이 걸으며 가게 안으로 들어오는 초라한 행색의 그분을 보며 잠시 한숨을 쉬었다. 말없이 진열된 빵들을 바라보고 있는 그분에게 나는 모카빵 하나를 비닐봉투에 싸서 건넸다. 내 표정은 하나 주었으니 빨리 나가라는 불순한 의도가 가득 담겼을 것이었다. 다행히 그분은 빵을 받아들고 느린

걸음으로 뒤돌아나갔다.

저녁이 되어 막 문 닫을 준비를 하고 있던 중에, 점심 때 모카빵을 얻어 간 그 노숙자가 다시 들어왔다. 잠깐 사이에 '아……또 왔구나'라는 생각이 머릿속을 지나갔고, 계속 이렇게 오면 어떡해야 하나 싶어 근심이 생겼다. 하지만 나의 예상은 완전히 빗나갔다. 그분은 나에게 다가와 조용히 한 손을 펼쳐 보였다. 손바닥 안에는 열댓 개의 동전이 올려져 있었다. 점심때 먹은 모카빵이 너무 맛있어서 조금이나마 돈을 지불하고 싶다는 것이다. 그리고 무어라 할 말을 잃고 서 있는 나에게 그 동전들을 쥐여주고 나갔다. 오늘 수입 중 상당액을 준 것 같았다. 나는 한참을 서서 창밖만 내다보았다. 나도 남들이 맛있다 할 만큼 빵을 만들고 있었나? 만들 수 있구나, 이제!

그동안 빵을 만들고 팔며 맛있다는 이야기를 많이 들어오긴 했으나, 그 말이 이토록 진심으로 다가온 것은 처음이었다. 그럼에도 나는 그를 불신으로 대하고 불쾌한 마음을 가졌다 생각하니 마음속 깊은 곳에서부터 한없는 부끄러움이 밀려왔다. 그래, 장사가 조금 잘되지 않아도 괜찮다, 내 빵을 좋아해주는 분들을 위한 빵을 평생 만들어보자.

처음 빵집을 열고 뜻하던 대로 되지 않아 기운이 빠져 있던 나에게 그분은 하나의 희망이었다. 비록 지금은 그분이 어디서 무엇을 하며 사는지 알지 못하지만, 한 가지 분명한 점은 있다. 그날 나는 열심히 빵을 만들었고, 그분은 매우 맛있게 먹었다는 사실. 미래의 어느 날, 그분이 다시 가게에 찾아온다면 정말 좋겠다. 나는 두 팔 벌려 그를 환영하고, 기쁜 마음으로 빵을 팔 것이다.

## 맛있는
## 빵의 비법

한 달 두 달 지날수록 판매는 늘지 않고 빚만 쌓여갔다. 급기야 직원 월급을 현금서비스를 받아서 줘야 할 형편이 되었고, 재료비는 이미 석 달째 외상으로 받고 있었다. 월세는 보증금을 깎아먹고 있었고, 둘째 딸아이는 몸이 안 좋아 병원에서 보내는 시간이 많아졌다. "힘들지? 그래도 힘내야 해." 옆집 분식점 사장님이 주문한 백반을 배달해주며 말을 건넨다. 길 건너 슈퍼마켓 사장님은 자기도 처음에 직장 그만두고 슈퍼마켓을 시작했을 때 어려움을 겪었노라며 위로해주었고, 자동차 정비소 사장님 또한 욕심내지 말고 천천히 잘해보라고 말을 건네주었다. 틈틈이 빵도 드실 양보다 많이 사주었는데, 그럴 때마다 열심히 하겠노라 다짐으

로 답해드렸다. 심지어 건물주도 때마다 남편 직장에 보낸다 하면서 매번 10만 원어치 이상을 구매해주었다. 그렇게 나를 배려하는 주위 분들에 한없이 감사해하며 조금씩 추스러나갔다.

손님이 없는 오후에 잠깐씩 시간이 나면 주변 동네로 나가 다른 빵집을 둘러보곤 했다. 걸어서 30분 정도 걸리는 거리의 버스정류장 부근에 오래된 빵집 하나가 있었는데, 담배도 같이 판매하는 옛날식 가게였다. 안으로 들어가면 연세 지긋한 사장님이 TV 앞에서 파리채 하나 들고 졸고 계신다. 특별한 빵은 눈에 보이지 않아서 식빵 하나 사들고 나와서 먹는데, 예상 외로 쫄깃하고 맛있었다. 동네에 흔한 그저 오래된 빵집인 줄로만 알았는데 이게 뭔가 싶었다. 그래서 그곳을 서너 번 더 들렀는데, 그때마다 식빵이 유달리 맛이 좋았다. 어떻게 만든 것인지 무척 궁금했다. 나도 식빵을 만들어 팔고 있었지만, 솔직히 나의 것보다 맛이 좋았다.

어느 날 용기를 내어 그 사장님께 근처에서 빵을 만들고 있는 사람이라고 밝히고 식빵이 너무 맛이 좋아서 식빵을 어떻게 만드시는지 궁금하다고 솔직하게 여쭤보았다. 혹시나 화를 내실지도 모를 일이어서 무척 긴장하며 말씀을 드렸는데, 그 사장님은 의외로 환하게 웃으면서 반갑다고 악수까지 청했다. 그분은 나에게 제빵자격증을 취득했느냐 물었고, 그때의 식빵 레시피를 기억하느냐고 또 물어보았다. 나는 자격증 시험 때문에 많이 만들어보았다고 답했다.

제빵시험을 준비할 때 기본 지침서가 있는데, 대부분 똑같은 표준 레시피로 구성되어 있어 그걸 몇 차례 학원에서 연습한 뒤 시험에 임했었다. 제빵시험을 보는 사람이라면 누구나 다 실습하는 아주 기본적인 레시피다. 그분은 다른 비법은 없고 그 레시피대로 만든 식빵이라고 말했다. 나는 좀 실망했다. 뭔가 더 특별한 어떤 것을 알려주실까 기대를 했었는데 아주 평범한 방법만 듣게 된 것이다. "예에……" 하고 느리게 답하자 그분은 앉아 있던 의자에서 일어서며 다시 힘주어 말했다. 그 레시피에 있는 것을 정말 똑같이 해보았느냐고. 나는 좀 화난 듯이 여러 번 해보았다고 답했고, 그분은 내 눈을 똑바로 보시면서 정말 똑같이 해보았느냐고 같은 질문을 강하게 쏘아붙이듯 반복했다. 아…… 그 레시피에는 온도, 습도, 믹싱시간, 발효시간, 굽는 온도 등이 명시되어 있었는데, 그분의 말은 그것들을 모두 정확하게 지켜서 만들었느냐는 물음이었다.

그토록 맛있던 식빵에도 비법은 없었다. 기본을 이해하고 레시피를 정확하게 지켜 빵을 만들어야 한다. 그것이 맛있는 빵을 만드는 정직한 방법이자 지켜야 할 원칙이다. 그날 나는 빵 만드는 방법을 비로소 다시 배웠다.

## 맛없는 빵을
## 만드는 사람


　호밀을 이용한 '사워도sourdough'라는 발효반죽을 이용해 시판하는 이스트를 쓰지 않고 밀가루와 효모종, 물, 소금만으로 만드는 천연효모빵이 있다. 내가 만들고 싶은 빵들 중에서도 단연 첫번째 빵이다. 들어보면 묵직하고 산미가 강하며 식감도 다소 하드하다. 정성껏 만들어 매대에 올려두고 뿌듯한 마음으로 판매를 시작했다. 몇 개가 팔려나간 이튿날, 손님 한 분이 경찰관 한 분과 함께 가게에 들어서자마자 나를 손가락으로 가리켰다. 그러더니 성난 목소리로 외쳤다. "저 사람이 빵 만드는 사람이요!" 전날 호밀빵을 사갔는데 맛이 시큼하고 아무래도 오래된 딱딱한 빵을 팔아먹은 것 같다는 것이다. 한참 동안 설명하고 이해를 구한 뒤 겨

우 '맛없는 빵을 만드는 사람'이라는 인정을 받고 나서야 그날 사건이 끝을 맺었다.

부드럽고 단맛이 나는 쫄깃한 식감의 빵들 속에서, 재료 본연의 풍미를 끌어내어 한 끼 식사가 될 수 있는 빵을 만들어보고자 했던 나의 시도는 이토록 험난하게 시작되었다.

팔리지 못하고 남은 빵들을 차마 버리지 못해 가게 안 창가 쪽에 하나둘씩 쌓아두기 시작했고, 몇 달이 지나지 않아 사람 키만큼 쌓였다. 크리스마스 즈음 그 쌓여 있던 빵에 트리장식을 하니 손님들이 분위기는 멋있다고 사진을 찍기도 했다. 나는 빵을 만들고 싶었고, 그중에서도 꼭 내가 원하는 것을 만들고 싶었다. 그 마음은 사람들이 빵이 맛없다, 딱딱하다 할수록 더욱 간절해졌고 더욱 단단히 굳어져갔다.

가게 문을 닫고 레시피를 수정해가면서 테스트하는 일에 집중했다. 밤을 새우는 날도 부쩍 많아졌다. 그러던 중 천연효모빵 경연대회에 나가게 되었는데, 나는 호밀과 무화과로 구성된 천연효모빵을 가지고 출전했다. 일반적인 발효와는 다른 방법을 사용한 발효빵이었는데, 결국 심사위원들에게 혹평을 받고 최하위에 머물렀다. 잠시 실망했지만 오히려 그 빵은 계속 만들고 판매했다. 무엇보다도 내 입맛에 맞았기 때문이다. 다행스럽게도 지금은 가장 인기 있는 제품 중 하나가 되었다.

가끔 좀 혼란스럽고 정리가 안 될 때는 조금 전 내가 한 결정이

맞다고 다시 한번 스스로를 굳게 믿어본다. 물론 그 결과가 나쁠 수도 있겠지만, 남 탓을 할 일은 없다. 그저 내가 나에게 다음에 잘하면 돼, 다음에는 이렇게 안 하면 되잖아, 라고 말해본다. 빵을 만들며 터득한 내 인생의 교훈이다.

## 나쁘지 않다,
## 지금 나는

 

어느덧 첫 가게를 오픈하고 세번째 겨울이 왔다. 가게의 출입문은 삐걱거리며 세월이 흐른 티를 내고 있었다. 새벽 찬바람에 썰렁한 가게 안에 들어서서 오븐을 켜고 밀가루 포대를 들고 반죽을 준비하면서, 오늘은 유난히 춥다는 생각을 했다. 직원들이 한 명씩 줄고 이제는 혼자 남아 빵을 만들고 있던 차였다. 밀린 월세는 보증금까지 다 포기해야 되는 상황에다가, 외상으로 재료를 받은 지 벌써 3개월이 지나고 있었다. 은행 대출금 이자를 내는 날이면 입이 마르게 돈을 구해야 하는 일이 반복되었다.

그날 오후, 하늘이 흐려지고 눈이 내리기 시작했다. 가게 앞에 쌓여가는 눈 위에는 사람 드나든 흔적이 없었다. 의자를 끌어다

놓고 앉아 창밖의 눈 내리는 모습을 바라보면서, 아른하게 생각에 잠겼다.

나쁘지 않다, 지금 나는.

태어나서 처음 스스로 원하는 일을 찾아 여기까지 온 것이다. 처음 하는 일이니 당연히 낯설고 어려울 수밖에 없지 않겠는가. 3년 동안 무엇을 위해 살아왔는지. 적어도 나는 열심히 움직였고 간절히 생각하며 그 시간을 채웠다 생각했다. 다른 사람들도 처음 엔 나와 같지 않았을까? 빵을 만들고 그것을 나의 것으로 소유할 수 있는 과정이 이제야 비로소 시작되었다. 좋은 연습이었다. 그 연습을 통해 앞으로 더 좋은, 더 만족할 수 있는 빵을 만들어야 겠다고 다짐했다. 어두운 가게 밖에는 여전히 눈이 내렸고, 나는 팔리지 않은 빵들을 하염없이 쓰다듬었다.

얼마 지나지 않아 나는 문앞에 한 장의 편지를 써붙였다.

"모든 분들을 잊지 않고 오래오래 기억합니다. 또다른 곳에서 오월의 종 이름으로 기다리겠습니다."

그렇게 첫번째 가게의 문을 닫았다.

처음으로 빵이
다 팔리던 날

## 내가 빵을 좋아해,
## 많이

 

 

살다보면 가끔 말도 안 되는 일이 일어나기도 한다. 그것이 엄청난 행운일 수도, 불행일 수도 있다는 것을 살면서 조금이나마 깨닫게 되었다. 그러나 가만히 앉아 일어나는 일을 받아들이면서 살 수만은 없지 않은가. 어떻게든 다시 빵을 만들어야 했다.

가게 근처에 사시는 손님 중에 어머니와 함께 자주 들르는 손님이 있었다. 어느 날 그분이 나에게 서울 이태원 쪽에 가게를 내면, 내가 만드는 빵과 동네 분위기가 잘 맞을 것 같다고 말했다. 외국 사람들이 많이 사는 곳이라 내 빵에 좀더 관심이 있지 않겠느냐는 조언이었다. 나는 현재 사정으로는 자금이 바닥이 나 가게를 새롭게 연다는 게 불가능하다 싶어 조용히 고개만 끄덕였다. 그분

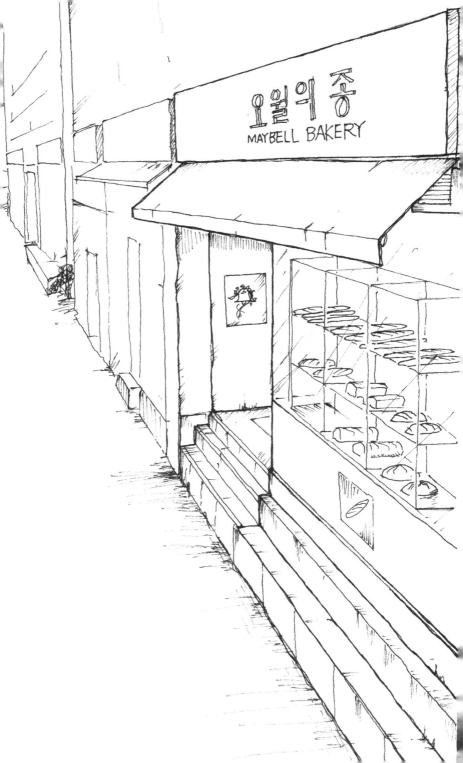

은 이태원에서 샌드위치와 음료를 파는 가게를 운영중이었고, 나에게 샌드위치용 빵을 정기적으로 주문했다. 늘 빵이 참 좋다는 격려의 말을 해주는 마음씨 고운 분이었다.

그 춥던 겨울의 어느 날, 이태원 본인 가게 근처에 작은 자리가 하나 비었는데 와서 보면 어떻겠느냐고 권하셨다. 한번 보고 오겠다 답은 드렸지만, 자금이 남아 있지 않은 나에게 이태원에 새롭게 가게를 내는 것은 정말 쉽지 않은 일이었다. 그즈음엔 이미 가게 문을 닫을 정리를 시작하던 차였다. 다른 사람의 가게에 가서 직원으로 일하며 다시 시작해보려는 생각이었다. 난생처음으로 장만했던 오븐과 반죽기를 보고 있자니 멀리 떠나보내야 한다는 서운함이 들며 이런 현실이 잘 받아들여지지 않았다.

다소 복잡한 심경을 안고 이태원으로 향했다. 낯선 거리를 헤매며 찾아간 곳은 원래 피자가게를 하던 자리인 듯했다. 이미 이사를 간 듯했고, 내부는 미처 치우지 못한 짐들이 어지럽게 널려 있었다. 문이 잠겨 있어 창밖에서 손을 대고 내부를 한참 들여다보았다. 다시 걸음을 떼려 할 때, 나이 지긋한 아주머니의 목소리가 들려왔다. 그분은 바로 옆 부동산 문을 열고 나오던 중이었다.

"가게 보시려고?"

"예, 근데 저하고는 안 맞는 거 같습니다."

그렇게 둘러대고 돌아서려 하는데, "뭐하시게?" 하며 다시 물으신다.

"빵집이요." 짤막하게 대답했다. 그분은 나를 유심히 바라보더니, "이리로 들어와봐" 하며 부동산 사무실로 끌어당기다시피 앉힌다.

그날은 그랬다. 굉장한 하루가 생긴 것이다. 나는 돈이 없어 가게를 하고 싶어도 못한다고 솔직히 고백했고, 도대체 얼마나 모자라냐고 하시기에 사실대로 하나도 없다고 이야기했다. 부동산 사장님은 한숨을 푹 쉬더니 어디론가 전화를 했다. 곧 피자집 사장이 도착했고, 그 자리에서 권리금을 반으로 깎았다. 그리고 4000만 원 가까운 돈을 그 자리에서 빌려주었다. 가게 계약서를 작성하더니, 나에게 사인을 하라 내밀었다. 대체 나에게 무슨 일이 일어난 것인지 알 겨를도 없이, 그렇게 새로운 가게가 생겼다. 저에게 왜 이런 도움을 주시느냐 그제야 여쭤보았다. 그분은 이렇게 대답했다.

"내가 빵을 좋아해, 많이."

간단한 말씀으로 답하고는 미소를 지으셨다. 물론 빌려주신 돈은 언제까지 이자를 포함해서 갚는다는 각서를 써드렸다.

그렇게 잠시 구경만 하러 갔던 이태원의 조그마한 가게에서 나는 다시 내 빵을 만들 수 있게 되었다. 2008년 2월이었다.

**솔직한 빵을
만들어야 한다**

　새로운 일을 시작하고 3년이라는 시간을 보내면서 비록 좋은 결과를 만들어내지는 못했지만, 학습의 과정으로 받아들이기에는 충분한 시간이기도 했다. 그 과정 속에서 내가 배운 것은 무엇을 하든 솔직해야 한다는 사실이었다. 처음부터 잘되고 싶은 바람과 욕심은 당연히 있었으나 생각처럼 되지 않는 현실에 당황했고, 점점 조급해지는 마음은 때론 "이게 아닌가?"라는 질문과 "어떻게든 되겠지"라는 답을 반복하게 만들었다.

　나는 빵을 만들면서도 그것을 진심으로 이해하고 나의 것으로 만들지 못했었다. 단지 가게 하나 차리는 것으로 원하는 일을 이뤘다고 착각하고 있었다. 내가 가지고 있던 부족함들을 이제는 받아들여야 했다. 정확히 무엇이 부족하고 무엇을 잘못하고 있는지 알아야 했다. 그래야 더 준비하고 수정해야 할 것들을 명확하게 알 수 있었다.

첫번째 가게는 결국 문을 닫아야 했지만, 나는 여전히 빵 만드는 일을 멈출 수 없다는 사실을 깨달았다. 스스로에게 부족한 부분을 솔직히 받아들인다는 것은 앞으로 해야 할 일들이 어떤 것인지 알게 해주는 열쇠나 마찬가지다. 수많은 시행착오 끝에 내가 원하는 빵을 만드는 과정을 좀더 구체화할 수 있었고 '나다운 모습', 혹은 '나에게 어울리는 것'에 대해 자신감 또한 생겼다.

솔직함이란 자신의 부족함을 인정하고 앞으로 예정된 노력의 시간들을 기꺼이 받아들이는 과정이다. 그 시간만이 나를 강하게 만들고 언젠가 당당하게 서게 한다는 것을 믿는다. 단순히 빵 만드는 일에만 적용되는 이야기가 아니다. 스스로에게 솔직해지면 모든 일에서 본질적인 어떤 것에 접근할 수 있는 기회가 반드시 생길 것이다.

제대로 된 간판도 없이 빵을 만들던 시절, 혼자 모든 일을 다 하려다보니 아무래도 오픈시간이 일정치 못했다. 오픈하고 나서도 빵을 굽다가 손님이 오면 오븐을 끄고 계산하러 나가기도 했다. 이렇게 제멋대로 장사를 하니, 당연히 이해하지 못하는 손님도 있었다. 지금은 사정이 조금 나아졌지만, 아직도 빵을 열심히 만드는 것 이외에는 손님들을 위한 별다른 서비스를 하지 않는다.

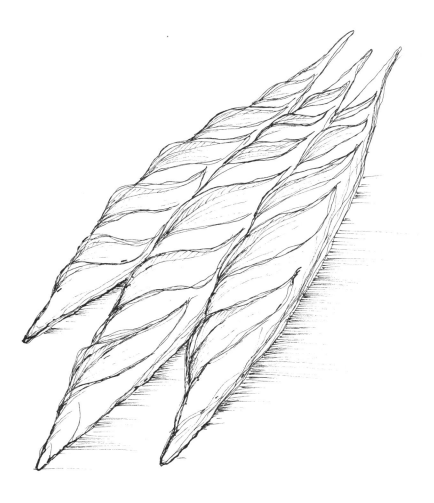

그럼에도 나의 빵을 사람들이 찾는 이유는, 무엇보다도 솔직한 빵 맛 때문일 것이라 생각한다. 통밀이 들어가면 통밀 맛이 나고, 밀가루가 들어가면 밀가루 맛이 나야 한다. 취향에 따라 호오가 갈릴 수는 있겠지만, 빵을 만드는 사람은 이에 대해 분명한 목적성을 가져야 한다. 통밀 맛이 나지 않는데, 굳이 비싼 통밀을 넣을 필요는 없지 않은가. 단맛이 나는 빵을 만들고 싶다면 설탕을 많이 넣어야 하고, 부드러운 빵을 만들고 싶다면 버터를 더 많이 넣어야 한다. 간혹 다이어트를 하는 손님들이 단맛이 나면서 설탕이 들어가지 않은 빵은 없느냐며 찾는데, 이럴 때 나는 내가 신이 아니라 그런 빵은 못 만든다고 대답한다. 이렇게 대답하면 손님들도 대체로 유쾌하게 받아넘긴다. 솔직하게 말하니 손님 입장에서도 지나치게 요구하지 못하는 것이다.

　빵에서 재료 맛이 나야 한다는 이야기는, 어찌 보면 당연한 얘기여서 별다르게 들리지 않을 수도 있다. 그러나 기본을 갖추지 못하면 당분간은 요행히 넘어갈 수 있을지언정, 빵을 향한 기나긴 여정을 버텨낼 수 없다. 내가 빵을 만들며 여전히 가장 중요하게 여기는 생각 중 하나다.

## 추저울과
## 자전거

　새벽이나 늦은 밤 혼자 작업할 때, 나의 작업실에서는 똑딱거리는 소리가 난다. 반죽을 일정 크기로 분할할 때 나는 익숙한 소리인데, 요즘은 거의 사용하지 않는 추저울에서 나는 소리다. 적정 무게의 추를 올려놓고 수평에 눈금이 맞춰지면 그 무게에 해당하는 반죽 무게가 계량되고, 반죽을 내려놓으면 추 무게에 의해 덜컹 기울어 떨어지며 금속음이 난다. 처음 빵을 배우면서부터 접했던 도구이고 지금도 늘 빵 만드는 공정에서 중요한 역할을 하며 내 곁에 있는 쇳덩이이기도 하다. 조용한 시간 혼자 반죽을 분할하며 듣는 똑딱 소리는 작업장 안에서 반복적인 주문처럼, 마치 목탁 소리와 같은 울림으로 들리기도 한다. 군데군데 녹슬고 밀가루가 덕지덕지 묻어 있는 저울을 보며 내가 빵을 만들어온 시간들을 새삼 돌이켜본다. 요즘 직원들은 추저울을 마치 엔틱 소품처럼 바라보며 거의 사용하지 않고 전자저울의 정확도를 더욱 신뢰하지만, 나는 여전히 금속 소리의 울림을 선호하고 또한 믿는다. 물론 익숙함에서 오는 편안함이겠지만, 이제는 주방 한구석에 물러나 있는 그 물건을 남들은 모르는 나만의 보물로 간직한다. 지금도 늦은 시간 혼자 작업할 때면 그 저울을 꺼내놓고 무게를 잰다. 반죽 무게가 아닌 나의 꿈을 저울에 올려놓듯 정성껏 잰다. 오래오래 간직할 나만의 꿈이다.

그리고 내겐 금속으로 만든 근사한 사물이 하나 더 있다. 바로 자전거다. 어릴 적부터 자전거 타는 형을 무척이나 부러워했었다. 떼를 써가며 형에게 자전거 타기를 배우면서부터 나의 세상은 집 근처 골목에서 옆동네로 점점 멀리 확장되었고 급기야 한강다리 너머까지 넓어졌다. 학교를 다닐 때나 군대에 있을 때도 줄곧 자전거 타기는 내 일상의 휴식 같은 일이었다. 지금은 빵집 한 모퉁이에 가만히 서 있는 자전거. 때론 근처에 빵 배달을 할 때 타곤 했던 그 물건이, 사실 요즘은 잘 쓰이지 않는다. 바쁜 가게 상황 탓도 있지만, 언젠가부터 나의 조급함이 자전거 타는 시간을 조금씩 빼앗고 있음을 알고 있다.

핸들 양쪽에 매달린 빵봉투, 때론 등에 짊어진 가방 속에 바게트를 가득 넣고 힘겹게 언덕길을 오르곤 했다. 팔리는 빵 하나하나가 아쉽던 이태원 초창기 시절엔 근처 레스토랑에 직접 빵을 배달해주었다. 배달을 끝내고 나면 속도 높여 달리던 자전거에 잠시 앉아 바람을 맞으며 땀을 식혔다. 이제는 주문자가 매장에 와서 직접 가져가는 체계로 바꿔서 더이상 자전거를 타고 빵을 배달하러 나가지 않는다. 문득 매장 한켠에 서 있는 자전거를 볼 때마다 소소하게 빵을 만들고 배달하던 그때 자전거 위에서 느꼈던 바람결이 기억난다.

새벽녘 추저울이 똑딱거리는 소리, 자전거를 타고 배달 가면서 느끼는 선선한 바람. 이처럼 소소한 일상 속의 행복들을 요즘 들어 점점 느끼기 힘들어지고 있다. 빠르게 변하는 세상 속에서, 추저울과 자전거는 결국 잊히는 사물들일 것이다. 하지만 내가 지키고 싶은 어떤 것을 그것들이 고스란히 간직하고 있는 것 같아서, 때론 아쉬운 마음이 든다. 모든 것이 자동화되고 온라인화되며 생활이 편리해지기도 했지만, 점점 귀에 들리고 뺨에 느껴지며 손에 잡히는 행복들이 줄어드는 것만 같다.

오월의 종에서는 아직도 빵을 손으로 직접 만져보고 고르도록 하고 있다. 당연히 위생을 위해서 비닐장갑을 낀 채이긴 하지만, 손님들이 빵의 질감과 무게를 고스란히 느껴보도록 하는 일종의 불편한 배려다. 집게로 빵을 집으면 편리하긴 하지만, 선택하려는 빵이 어떤 빵인지 직관적으로 파악하기 힘들다. 게다가 크기가 큰 빵들은 집게로 집기도 힘들뿐더러 자칫하면 빵을 망가뜨릴

수도 있다. 이런 방식을 좋아하는 손님들도 있고, 귀찮다며 불평하는 손님들도 있다. 하지만 이렇게 해야만 느낄 수 있는, 말로 표현하기는 어렵지만 분명히 존재하는 중요한 가치가 있을 것이라고 나는 믿는다. 대부분의 빵이 공장에서 생산되는 시대지만, 손으로 만든 빵의 미덕이 있을 것이라고 나는 믿는다.

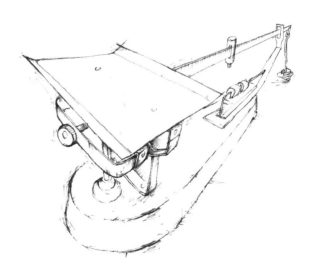

## 새로운 시작

　이태원 가게는 최소한의 인테리어로 준비해야 했다. 자금이 하나도 없었기 때문이다. 하지만 나의 마지막 가게가 될 수도 있다는 긴장감에 허투루 할 수 없었기에 고민하고 또 고민했다. 그 결과 내가 내린 결론은 솔직하고 단순하게 본질에 충실하자는 것이었다. 우선 기존의 품목들을 거의 절반으로 줄였다. 이번에는 정말 내가 하고 싶은 빵만 만들어야겠다고 생각했다. 남들이 뭐라 하든 '나다운 빵'만 만들기 시작한 것이다.

　화려한 겉치레나 꾸밈보다는 빵 만드는 곳이라는 것을 표현하는, 오직 빵만을 위한 공간이 되길 원했다. 작업실과 매장의 경계를 없애고, 손님들이 문을 열고 들어와서 보았을 때 빵 이외의 다

른 것들이 강조되지 않길 원했다. 오픈시간도 내가 준비한 빵이 모두 나오는, 마지막으로 구워져 나오는 바게트가 진열되는 시간인 11시로 정했다. 유럽 스타일 빵인 하드계열 제품을 주로 진열하고 천연효모를 사용한 공정을 전체적으로 선택함에 따라 반죽 공정에 이틀이 소요되었기 때문에 당일 1회 생산만 하기로 결정했다. 모든 빵을 하루에 딱 한 번만 만든다는 이야기다. 시식용 빵 제공 같은 서비스는 없다. 판매 촉진을 위한 어떠한 이벤트나 할인행사도 없다. 나는 만들고 싶은 빵을 만들고 판매는 온전히 손님들의 선택에 맡기기로 했다. 단순하고 직관적인 개념이야말로 내게 주어진 마지막 기회를 놓치지 않고 집중하며 자유로워질 수 있을 수 있는 방법이었다. 자유로워진다는 것은 시간과 여유가 주어져서 생기는 행운이 아니라 스스로의 의지로 원하는 결과에 다가가는 과정이며, 그 모든 것이 나만의 것으로 느껴지는 상태라고 믿는다. 나는 타의에 의해 간섭되지 않는 자유를 얻기 위해 빵이라는 매개체를 선택했다. 빵이 만들어지는 아름다운 시간을 오래오래 함께하고 싶었다.

각오는 했다. 처음으로 열었던 가게에서 귀중한 실패를 겪었고 장소도 달라졌으나, 또다시 처음부터 새롭게 시작해야 했다. 혼자서 빵을 만드는 시간이 많았다. 늦은 시간 새로운 빵을 테스트하고, 다음날 제품을 만들고 나서 11시에 오픈한다고 하니 주위 사람들은 게으른 빵집이라 했다. 딱딱하고 무거운 빵들 일색이니 가끔 오시는 손님들도 둘러보고 그냥 나가기 일쑤였다. 보통 그날 만든 빵의 절반 정도가 팔리지 않고 남았다. 잘게 잘라 커다란 쓰레기 봉투에 담았고, 그런 봉투가 4개가 넘었다. 매일 밖에 내다 놓으면 동물사료로 쓴다 하시며 가져가시는 분들이 몇 명 생겼다. 작은 봉투에 빵을 담아 주변 늦은 장사를 하시는 가게분들에게 나누어드리기도 했다. 예상한 일이었지만 여전히 속이 상했다. 다시 힘든 시간이 길어지자 어쩔 수 없이 점점 지쳐갔다.

그즈음이었다. 한 분 두 분 빵에 관해 질문하시는 분들이 생기기 시작했다. 빵을 어떤 재료로 만드는지, 어떻게 만들어지는지, 어떻게 먹어야 더 맛있는지 등등 내 빵에 관심을 갖는 사람들이 조금씩 늘어갔다. 나는 신이 나서 열심히 빵에 관한 설명을 들려주었다. 다른 빵가게 빵을 사다주시는 분들도 계셨다. 물론 좋은 의미에서 주시는 것이어서 고맙게 받아들였다. 빵에 대해 궁금한 것들에 대해 질문받을 때마다 다음에는 좀더 좋은 대답을 하기 위해 나름 공부를 하기도 했고, 그런 나의 설명에 흡족해하는 분들이 점차 많아졌다. 여행길에 먹었던 파리의 바게트부터 미국 샌프란시스코의 시큼한 빵 얘기를 들려주시며 이곳에서 맛볼 수 있길 기대한다고 웃는 사람도 있었다. 사람들과의 대화 속에서 앞으로 만들 빵에 관한 좋은 아이디어들을 많이 얻을 수 있었고, 다수가 선호하는 스타일의 빵들이 무엇인지 알 수 있었다. 혼자서 작업할 때에도 손님들은 잠시 작업이 끝나길 기다려주었고 손을 대충 씻고 계산을 해드려도 반가운 인사로 가게를 나서곤 했다. 새벽부터 시작된 작업으로 피곤해도 그리 들러주시는 분들이 너무 고마워서 즐겁게 빵을 만들 수 있는 날들이 하루하루 늘어갔다. 꼭 가게 안으로 들어오지는 않더라도 지나가면서 손 흔들어 인사하시는 분들에게 나도 손 흔들며 답하게 되면서, 이곳 이태원에서 빵을 만드는 일에 점점 익숙해져갔다.

　조금씩 빵 만드는 양을 늘리고 새로운 제품들을 추가해가면서 직원도 한 명 또 한 명 늘었다. 물론 여전히 안 팔리고 남는 빵들이 많았다. 하지만 반죽을 하고 발효를 기다리며 오븐 앞에 서서 오늘 나올 바게트를 기다리는 기분은 늘 설렜다. 오븐을 열면 안에 차 있던 수분과 연기가 빵냄새와 함께 하얗게 밖으로 빠져나온다. 내 마음속에는 이곳 이태원으로 오면서 다짐했던 생각이 아직도 굳게 자리잡고 있다. '빵 만드는 작업을 즐기고, 솔직하게 만들고, 결과물에 순응하자.' 빵이 팔리는 것은 온전히 손님들의 선택이므로 내가 원한다고 해서 더 많이 사주지 않는다. 오로지 만들기에 집중하고 정성껏 대하면 좋은 빵이 나올 것이고, 나는 그 빵들에 대해 손님들에게 있는 그대로 이야기할 것이다. 그것이 내가 꾸준히 해야 하는 일이리라. 그래서 빵이 많이 팔리지 않는 날에도 그리 실망하지 않을 수 있었다.

## 처음으로
## 빵이 다 팔리던 날

　이태원으로 이사온 지 2년쯤 되던 어느 날이었다. 아침부터 평소보다 손님이 많았다. 정오가 지나고 오후까지 손님들이 끊이지 않았다. 그래서 하루종일 주방과 계산대를 오가며 바삐 움직였다. 저녁 6시쯤 모든 빵이 다 팔렸고, 나와 직원들은 잠시 멍하게 작업대에 기대 서 있었다. 이상했다. 무슨 일이 일어난 것인지 잠시 생각하다 문을 열고 밖을 살펴보았다. 거리는 늘 같은 평온한 저녁 풍경이었다. 어제도 빵이 남아 늦게까지 버티다 결국 폐기를 했었는데, 오늘은 어떠한 이유 때문에 빵이 다 팔렸는지 알고 싶었다. 우연이겠지. 흥분을 접고 처음으로 모든 빵이 다 팔린 날을 기념하며 직원들과 평화로운 식사를 했다. 그런데 다음날도, 또 그 다음날도 빵이 다 팔려나갔다. 나와 직원들은 빵 만들기에 바빠졌다. 생산량을 점점 늘려갔고 어느 날부터는 손님들이 줄을 서기 시작했으며, 매장 안이 크지 않아 열댓 명이 들어서면 가득차기 때문에 결국 가게 문 밖으로 줄이 이어져 기다리는 모양새가 되었다. 무심코 지나던 사람들도 무슨 행사를 하나 물어보곤 줄의 끝에 서서 기다리기도 했다.

대체 무엇 때문이었을까? 뚜렷한 이유는 알지 못했지만, 느낌은 있었다. 드디어 나의 진심이 사람들에게 가닿은 것이다. 앞으로도 매일매일 빵을 만들고 즐겁게 일해야겠다는 확신이 들었다. 누군가는 이야기한다.

"오, 성공했네. 가게가 세 개나 되고 줄서서 빵을 사야 한다니……"

물론 나쁘지 않다. 빵이 잘 팔린다는 것은 빵의 구성이나 완성도가 나쁘지 않다는 뜻이고, 일정한 판매량이 유지된다는 건 품질 관리가 잘 이뤄지고 있다는 의미이기도 하다. 우리 직원들이나 나에게 빵을 지속적으로 만들 수 있는 원동력이 되는 것이 틀림없다.

빵과 함께하는 생활이 점점 더 좋아진다. 물론 생계를 해결하기 위해 현실적인 책임을 지고 있는 일이기도 하지만 나 자신이 이 일을 매번 즐기고 좋아하고 있음을 느낀다. 참 다행이다. 빵의 세계를 한껏 파고들고 싶은 마음이 간절하다. 가끔 적당히 작은 가게와 그 안에 있는 나와 열심히 만든 빵, 그리고 하나하나의 빵에 대

해 소소하게 묻고 답할 수 있는 손님들이 있는 풍경을 상상해보다가 웃음을 짓는다. 어찌 보면 처음 가게를 열었을 때의 모습과 다를 바 없다. 비록 그때는 지나친 간절함에 조급해하기만 했으나, 내가 여전히 원하고 꿈을 꾸는 모습이 그 처음의 모양새와 같다는 것을 이제는 알기에 웃음을 지을 수밖에 없다.

성공이란 것. 남들의 눈으로 보면 이미 이뤘다고 볼 수 있겠지만 나에게는 아직 도달하지 못한 무언가가 있고, 현재의 빵들도 내 기준에서 보면 아직 많은 것이 부족해 보인다. 좀더 잘 팔리는 가게보다, 오래오래 그 자리에서 손님과 함께하는 가게였으면 좋겠다.

딱 그만한 공간과 나, 그리고 시간이 내게는 행복이다.

## 단풍나무가게에서의
## 짧은 추억

　하루하루 바삐 지내던 어느 날, 한 통의 행정우편을 받았다. 내용을 여러 번 반복해서 읽어야 했다. 말 그대로 '내용증명'이라는 통지서였다. 건물주가 보낸 서류였는데, 계약 만료와 동시에 재계약할 수 없음을 알리는 내용이었다. 아직 계약기간이 몇 개월 남아 있는 상태였지만, 어찌해야 하나 당황스럽기만 했다. 이태원에 이사 와서 이제야 자리잡아간다고 느꼈는데, 생각지도 못한 일이 벌어진 것이다. 나는 부랴부랴 방법을 찾아 나섰고, 기존 가게의 뒷골목 오르막길 끝에 있는 주거용 건물을 임대해주겠다는 분을 만났다. 재계약이 안 되면 가게를 옮길 수밖에 없는 노릇이어서 최대한 멀지 않은 곳으로 이동해야 했다. 영업이 중간에 끊이지 않

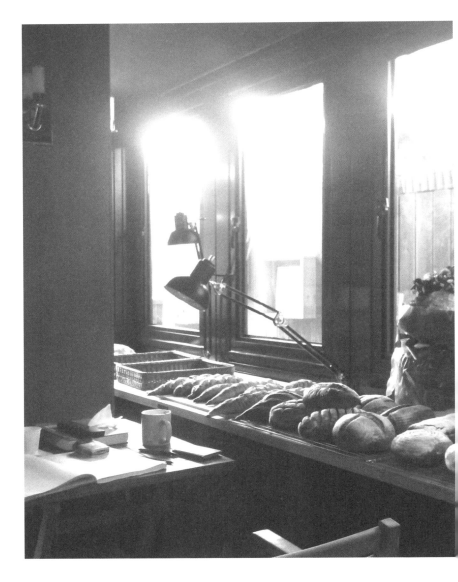

게 준비를 해야 해서 서둘러 두번째 가게를 시작했다. 장소는 2층 주거용 단독건물이었는데, 1층은 가게로 쓰고 2층은 가족들과 함께 머물 예정이었다. 마당에 수령이 꽤 되어 보이는 커다란 단풍나무가 있었고 작은 공간이었지만 제법 운치도 있었다. 그 단풍나무가 있는 가게는 손님들에 의해 오월의 종 단풍나무점이라는 별칭으로 불리게 되었다. 그곳에는 처음으로 새로 산 오븐을 들여오게 된 것만으로도 참 의미가 깊다.

빵 판 돈으로 새 오븐을 산다는 건 정말 멋진 일이다. 비로소 이 일을 지속 가능하게 할 수 있는 하나의 결과물을 만든 것 같아 무척 기뻤다. 빵도 좀더 식사빵 위주의 하드계열 빵들로 준비하고 천연효모종을 사용해 만드는 공정을 더 많은 제품에 적용했다.

그렇게 가게를 옮길 준비를 하던 중 1호점 가게가 있는 건물주로부터 연락이 왔다. 월세를 조금 올리는 조건으로 재계약을 하자는 것이었다. 예상과 다른 상황에 고민을 많이 했다. 결국 가게를 옮기는 것도 비용이 많이 들뿐더러 영업 공백이 생기는 것까지 고려해서 이사를 철회하고 재계약을 진행했다. 결과적으로 나에게 두 개의 가게가 생긴 셈이다. 2호점이라 명명한, 단풍나무가 있는 새로운 가게에서는 이전과는 조금 다른 스타일의 빵과 새로운 제품 개발이라는 차이점을 두고 오픈하기로 했다. 워낙 작은 가게라 많은 생산량보다는 앞으로 새롭게 만들어보고 싶은 실험적인 빵을 고민하고 테스트하는 역할로서의 장소로 사용하는 게 적절하다 싶었다. 빵에 관한 기술적인 이해를 한 단계 높여줄 중요한 계기가 생긴 것이다. 그곳에서 1년이 조금 넘는 시간 동안 수많은 실험이 이루어졌고, 다양한 재료와 공정별 데이터들을 축적할 수 있었다. 위층에서 가족들과 함께 생활할 수 있어 안정적인 마음 또한 가질 수 있었다. 딸아이가 학교 가는 모습을 일하면서 지켜볼 수 있었고 강아지도 한 마리 키울 수 있어 아이들에게 좋은 친구가 되었다. 그 개 이름이 메이may다. 손님들이 '오월이'라고 불러주기도 했다. 바쁜 일정 속에서도 가족과 함께하는 작업장의 풍경에 작은 여유가 깃들었다.

하지만 그리 오래가지 못했다. 건물주가 사정이 생겨 가게를 비워줘야겠다고 통보를 한 것이다. 2년이 채 못 되어서 다시 이사를 해야 했다. 오븐이며 믹서기 등을 당장 보관할 수 있는 장소가 마땅찮아서 가게 자리를 급하게 다시 찾아야 할 형편이었다. 물론 1호점은 정상적으로 영업중이었으나, 당장 2호점을 옮길 자리를 찾지 못해서 마음만 급해졌다. 그러던 중 근처에 새로 짓는 건물의 지하공간이 눈에 들어왔다. 짓는 동안 지나가면서 언뜻 보니 커다란 공간을 갖춘 붉은 벽돌 건물이었는데, 지하층이 독특한 구조를 하고 있어 잠시 발길을 멈추고 구경했다. 지하에 있지만 입구가 커다란 층계로 이루어진 개방된 구조여서 채광이 좋았고 더구나 아직 심은 지 얼마 안 된 메타세쿼이아 나무 세 그루가 가지런하게 서 있었다. 내부는 천고가 높은 직사각형의 넓은 공간이었으며, 입구 쪽이 전면유리로 되어 있어 햇볕이 환하게 들이쳤다. 이곳을 빵 만드는 공간으로 사용하면 나름 멋지겠다 싶었다. 당장 2호점을 옮겨야 하는 상황에서 그 지하공간이 참 맘에 들었으나 새로 지은 건물이고 넓이가 70평 가까이 되어 보이는 까닭에 임대비용 또한 만만치 않을 것이어서 선뜻 의향을 건네볼 수 없었다. 건물주와 약속한 이사 날짜는 점점 다가오는데, 적당한 가게 장소를 여전히 찾지 못했다. 결국 지하공간이 매력적인 그 건물의 주인을 수소문해 임대가 가능한지 물어보았고, 흔쾌히 허락을 받았다. 물론 비용은 정말 부담되는 액수였으나 열심히 일하고 노력하면 되겠지 하는 마음이 더 컸다. 무언가 거창한 계획을 가지고 준비한 가게는 아니었지만, 또 한번의 의도치 않은 가게 이전이 내 마음속에 새로운 열정을 심어주었다. 다시 새로운 장소에서, 빵으로 가는 나의 여정이 이어졌다. 이 장소에서는 또 얼마나 설레는 일들이 벌어질까? 매일매일 구워야 하는 빵처럼, 매일매일 새로운 이야기가 향긋하게 펼쳐지려 하고 있었다.

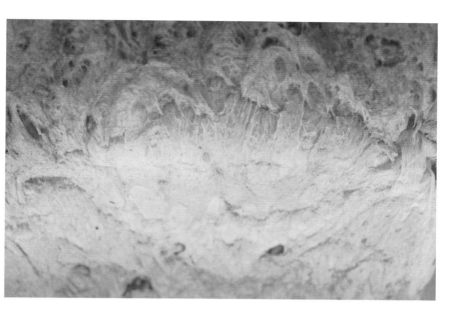

오직 빵을 위한
공간

 

나의 간절함으로 채워야 하는 공간. 2013년 11월, 이번에도 역시나 최소한의 비용을 사용해서 준비해야 했다. 전기 증설과 환기는 기본 준비사항이므로 신속하게 해결했으나 크기가 문제였다. 30평 이상의 지하공간은 별도의 소방설비를 해야만 영업신고가 가능했기에, 어쩔 수 없이 1000만 원가량의 비용을 추가로 지불하고 설치를 해야 했다. 그러고 보니 덜렁 오븐과 믹서기 등 기계만 자리잡고 천장에는 배관이 그대로 드러나 있는, 어떤 인테리어도 갖춰지지 않은 썰렁한 공장 같은 모양새가 되었다. 제대로 된 모양새를 갖추기엔 돈이 턱없이 부족했다. 며칠을 고민한 끝에, 가게 오픈을 미루더라도 내가 혼자 인테리어를 해보기로 결심했다.

우선 빵 만들기에 최적화된 공간이어야 했으므로 오븐이라든가 믹서기의 위치, 배수와 환기시설을 적절히 배치하는 것이 가장 중요했다. 한번 자리잡아 설치를 마치면 중간에 옮기기 어렵기 때문이다. 조명 또한 작업에 필요한 밝기가 되어야 하므로 주방 쪽은 되도록 밝은 백색광으로 설치해야 한다. 빵이 진열되는 공간은 빵의 원래 색감을 살려 온전히 시선이 집중될 수 있도록 주광색 부분조명으로 준비했다. 빵 자체가 빵집의 가장 중요한 인테리어 요소이므로, 내부의 구조와 색감이 빵을 가리지 않도록 하는 것이 중요하다.

오전에는 기존 가게인 1호점에서 빵을 만들고, 오후에는 구입해 둔 나무와 자재를 자르고 붙이는 작업을 했다. 예전에 시간 날 때마다 목공으로 작은 의자, 테이블, 선반 등을 만들어보던 경험을 믿어보기로 했다. 직사각형의 큰 공간을 보고 있자니, 늘 자주 들르는 서점을 떠올리게 되었고 서가와 같은 칸막이 구조와 함께 한 번쯤 만들어보고 싶었던 기다란 테이블을 만들어보기로 했다.

모든 구조물들은 바닥이나 벽에 고정하지 않았다. 언제든지 이동하고 구조를 변경할 수 있도록 하단에 바퀴를 달아놓았다. 혹시나 내부설비를 변경하거나 추가설비가 필요할 수 있어 항상 대비해야 했고, 트라우마로 남아 있는 갑작스러운 가게 이전에도 대비해야 했다. 그래서 실용적인 부분에 보다 집중했다. 거의 한 달 동안의 작업 끝에 정말 긴 나무 테이블과 함께 책과 제빵도구를 보

관할 수 있는 선반을 완성했다. 천장은 배관이 그대로 보이도록 두었으며 단순한 갓등으로 조명을 설치했다. 가끔 배관을 통해 1층 카페에서 설거지할 때 내려오는 물들이 흐르며 소리가 난다. 그 소리에 잠시 놀라는 손님들에게 '자연의 소리'로 들어달라고 농담을 하곤 한다.

개방된 계단과 넓게 뚫린 입구 탓에 햇볕이 제법 바닥까지 닿는다. 빵작업을 하면서 바라보는 창가의 풍경은 늘 고정된 벽면과 그 사이로 비스듬하게 내리는 빛의 각도 변화를 고스란히 느낄 수 있다. 새벽 가로등 불빛의 짙은 명암과 흐릿한 배경 위의 검푸른 하늘색이 계단 위에서부터 점점 환해지는 아침으로 옮겨가고, 오전의 밝은 햇살이 오후의 메타세쿼이아 그늘이 움직이는 풍경이 되어 빵을 만드는 동안 커다란 창으로 들이친다.

계단 입구에 자리한 작은 캔버스에 빵그림을 하나 그려 걸어두고 새로운 2호점을 오픈했다. 뜻하지 않게 커다란 공간에 자리잡게 된 그곳은 '오월의 종 라이브러리'라는 별칭과 '단풍나무점'이라는 이전 별칭으로 함께 불린다. 서툰 솜씨지만 기다란 테이블과 서가처럼 서 있는 수납공간이 나름 잘 어울리는지 손님들이 멋지다는 이야기를 종종 한다. 잠시 앉아 쉬어 가라는 의미에서 의자와 작은 테이블, 오디오 장식장도 만들어두었는데, 카페로 착각하는 분들도 간혹 있다.

내가 봐도 참 멋진 공간이다. 빵집 치고는 고급스러워 보인다고

도 하고 돈 많이 벌어서 이런 공간을 만들었다고도 한다. 이 큰 공간에 음료나 커피도 안 팔고 빵만 만들어 팔고 있으니 의아해하기도 한다. 하지만 내가 하고 싶은 일은 빵을 만드는 일이니 그 일에만 집중하고 싶다. 어설프게 다른 일들을 같이 하는 것보다 그나마 잘할 수 있는 일에 좀더 노력하는 게 낫다고 생각한다. 부족한 돈 때문에 스스로 나무를 자르고 못질을 하고 페인트를 칠했다. 우아한 가게보다는 내가 빵을 만들 공간이 필요해서 한 일이다.

새로 이전한 2호점 또한 1호점과 그리 멀리 떨어져 있지 않아서, 같은 종류의 빵보다는 좀더 식사용 위주의 제품으로 준비했다. 새로운 천연효모종과 새로운 레시피로 만든, 다른 재료와 함께 한 끼 식사에 사용될 만한 빵들이 주를 이룬다. 좀더 크고, 담백한 맛 위주의 제품들이다. 만들어보지 않았던 반죽과 새로운 발효방법, 식감을 충분히 줄 수 있는 크기, 재료의 풍미를 좀더 많이 끌어낼 수 있는 공정을 경험해보고자 했다. 나중에 또다른 오월의 종 빵들을 준비하는 단계로서 늘 새로운 방식으로 새로운 공간을 채워가길 원했다. 선택의 여지가 없었다. 내가 해야 할 일은 빵을 만드는 일이었고, 현실적으로 생계를 이을 유일한 방법이기도 하므로 다른 생각을 할 틈이 없었다.

어느덧 어둠이 몰려와 붉은색 가로등 불빛이 계단을 타고 내려올 때쯤이면, 부산하게 움직였던 빵 만드는 친구들, 빵 고르는 사람들이 모두 사라지고 정지화면 같은 풍경이 찾아온다. 그저 음악 소리만 가게 안을 가득 채우고 나는 한쪽에 놓인 의자에서 모자를 벗어둔 채 다리를 쭉 펴고 긴 숨을 내쉰다.

오직 빵만 만들고 파는 빵가게로서 공간으로만 활용될 이곳. 힘들지만 나의 손길이 곳곳에 닿은 이 가게에서, 오늘도 행복하게 빵 만들기를 시작한다.

## 빵 만드는 사람과
## 커피 만드는 사람

요즘은 빵과 함께 커피나 음료를 파는 카페 형태의 빵집이 참 많다. 종종 매장에 와서 왜 커피는 안 파느냐고 묻는 손님들이 있다. 한남동에 있는 1호점과 2호점에서는 빵만 만들고 판매하기 때문이다. 보통 갖춰두는 케이크나 커피 등의 음료는 팔지 않는다. 2호점의 경우 다소 넓은 공간이 횡하니 비어 있는 듯한 구조인데, 있을 법한 마실거리는 없지만 잠시 쉬어 가라는 의미에서 테이블과 의자 몇 개를 비치해두었다. 단순한 공간이지만, 빵에만 집중하고자 하는 나의 생각을 반영한 일이다. 커피 같은 제품에 어설프게 손댈 용기도 없고 실력도 없으니 아예 하지 말자는 무식한 논리이기도 하다.

어느 모임에서 커피 리브레의 서필훈 대표를 만나면서 커피라는 것에 친숙해지긴 했지만, 동시에 참 어려운 일이라는 사실도 알게 되었다. 한번은 그의 사무실에서 로스팅roasting된 원두의 커핑cupping 교육이 있었는데, 여러 종류별, 원산지별 원두의 맛을 구분하고 품질을 알아보는 과정이라기에 흥미를 느껴 참석하게 되었다. 여러 가지 커피를 시음하는 동안 그 맛의 차이를 구분하고 표현해야 하지만, 나는 전혀 할 수가 없었다. 어떤 차이가 있느냐는 그의 질문에 나는 "다 맛있는데 어떡하지?"라는 좀 모자란 답을 부끄럽게 해보았다. 그는 그런 나를 보며 "진정 커피를 행복하게 마시는 사람"이라 말했다. 커피를 제대로 분석하고 구분하지 못한 나에게 커피를 행복하게 마실 수 있는 사람이라고 얘기해주는 그의 마음이 참 넉넉하고 깊게 느껴졌다.

나는 빵집에서 주문하면 바로 오는 밀가루와 다른 재료를 섞어서 발효하고 구워내는 일을 하지만, 그는 재료부터 직접 찾아 나선다. 한국에서 나지 않는 재료인 커피 원두를 찾아 세계의 오지를 다니면서 좀더 좋은 재료를 선별하여 가지고 들어와야 한다. 실수 없는 로스팅을 해야 하고, 늘 변하지 않는 맛을 추구하는 동시에 새로운 맛을 추구해야 한다. 어마어마한 그의 비행거리에 나는 늘 질색을 한다. "빵 만드는 게 행복해"라고 그에게 체념 섞인 말을 던져보기도 한다.

보통 먹을거리의 맛은 제조하는 공정에서 완성되지만, 그 음식을 특정짓는 원천은 재료다. 통밀과 호밀의 풍미를 얻고자 통밀빵과 호밀빵을 만드는 것이고, 에티오피아 원두의 풍미를 얻고자 그 먼 아프리카로 향하는 것이다. 물론 밀 자체를 직접 재배하여 밀가루를 얻고 그것으로 빵을 만드는 빵집도 있지만, 커피 한 잔의 진한 원액을 만들기 위해 까마득히 먼 거리를 오가며 긴 시간을 보내야 함은 나로 하여금 커피 만드는 그를 내가 할 수 없는 일을 하는 대단한 사람으로 보이게 만든다.

빵과 커피를 단순하게 비교하기는 힘들지만, 집 근처 슈퍼만 가도 훌륭한 빵을 만들 수 있는 재료들이 대부분 구비되어 있다. 그 재료들을 적절히 혼합하여 반죽을 만들고, 오븐에 구워서 빵을 만들면 된다. 물론 생두나 로스팅된 원두 또한 요즘엔 주변에서 어렵지 않게 구할 수 있다. 하지만 수많은 종류의 생두 중에서 뛰어난 것을 구별하고 신선한 상태로 구하는 일은 결코 쉽지 않다. 게다가 커피 재료는 명백하게 원두와 물뿐이다. 두 가지 재료만으로 그 다채로운 맛들을 만들어내고 개성과 브랜드 색깔을 갖춘다는 것은 참 어려운 일인 것 같다. 한정된 재료에서 오는 한계가 나로서는 커피를 만드는 일을 더욱더 어렵게 느껴지도록 만든다. 그에 비해 빵은 참 다양한 재료와 응용을 갖는다. 어쩌면 그 사실이 나에게 일종의 안심을 주는 것 같다.

그도 어릴 적부터 커피를 만들겠다고 꿈꿔오지는 않았다. 대학교에 다닐 때까지는 전혀 다른 전공을 하다가 갑자기 커피로 전업

한 경우라 나와 조금의 공통점이 있다. 그가 다니던 대학교 앞에 굉장히 유명한 커피숍이 있었는데, 거기에서 마시던 한 모금의 커피로부터 그 머나먼 여정이 시작되었다고 한다. 만약 그 커피숍이 내가 다니던 회사 근처에 있었다면 어땠을까? 맙소사, 그래도 나는 커피는 꿈도 꾸지 못했을 것 같다. 그가 만들어준 커피를 맛있게 마시면서, 내가 원하는 빵을 만들 수 있는 지금이 진심으로 행복하다. 빵 만들기를 참 잘했다, 농담 같은 말로써 나는 커피 한잔과 커피 만드는 사람의 마음을 입안에 담아본다.

## '경성방직'에서
## 만든 빵?

　2호점을 막 오픈했을 즈음, 반가운 사람 두 명이 찾아왔다. 서필훈 대표와 유현지 이사였다. 그들은 커피 리브레를 운영하며 공정한 원두 교역에 힘쓰는 사람들인데, 자주 만나지는 못하지만 보면 늘 반가운 친구들이다. 새로운 가게 오픈을 축하하려고 온 그 친구들은 나에게 좋은 장소에 관한 이야기를 들려주었다. 그리고 나는 그 자리에서 바로 그들의 생각에 동의했다. 영등포에 위치한 옛 경성방직 사무소 건물에 커피 리브레와 나의 빵가게를 함께 입점하여 흥미로운 공간을 만들어보자는 제안을 해온 것이다. 우선 늘 좋아했던 커피 리브레 사람들과 함께 일할 수 있다는 점이 참 좋았고, 옛 공장의 창고 같은 그 공간은 내가 늘 선호하던 건축물

형태였다. 멋진 장소에서 아름다운 사람들과 함께할 수 있다니. 꿈만 같은 행운이었다.

그렇게 2014년 10월, 영등포역 근처의 커다란 쇼핑몰에 둘러싸인 오래된 건물에 '리브레와 오월의 종'이라는 공간을 오픈했다. 기다란 직사각형 형태의 모양에 높은 천장구조를 가진, 붉은 벽돌로 쌓아올린 벽에 나무골조로 되어 있는 곳이었다.

빵가게로는 오월의 종 3호점이었으며, 최초로 커피와 함께하는 베이커리 카페 형태였다. '빵만 만들고 빵만 판다'는 나의 기본원칙에 커피 친구들을 옆에 두고 함께하는 일이다. 넓고 높은 내부 벽면은 그림을 전시하는 공간으로 활용한다. 3개월마다 바뀌는 그림들을 관람하는 것도 또다른 재미다. 빵은 기본적인 하드계열 식사빵으로 기준을 잡고 막걸리발효종을 새롭게 만들어 빵 제작에 사용했다. 커피와 함께 먹을 수 있는 작고 부드러운 빵들도 준비했다. 모두 이곳만의 특징을 살린 제품이었다.

건물 자체가 근대문화유산으로 지정되어 있어 지속 가능한 형태를 유지할 수 있다는 점과 주변의 화려한 상권과는 다소 이질적인 형태라는 게 더욱 마음에 들었다. 오래된 건물에서 함께하는 빵과 커피가 참 잘 어우러진다.

3호점을 오픈하면서 좀더 많은 종류의 재료와 공정으로 빵을 만들 수 있게 되었다. 함께하는 직원들이 늘어남에 따라 일정도 더욱 바빠지기 시작했으나 빵에 관한 지식이나 가게 관리에 관한 좋은 경험 또한 쌓을 수 있는 좋은 기회였다.

좋아하는 사람들과 함께 일할 수 있다는 것은 큰 축복이다. 빵을 만드는 일은 본질적으로 처음부터 끝까지 오로지 나만의 손으로 할 수 있는 독립적인 작업이지만, 많은 사람이 함께 작업하면 그만큼 다채로운 결과물을 얻을 수 있기도 하다. 정성을 다해 만든 빵에 훌륭한 커피까지 곁들일 수 있다면 그보다 더 좋을 수 없을 것이다. 1호점에 이어 뜻하지 않게 2호점까지 내고 나서 더이상 가게를 늘릴 생각이 없었으나, 오로지 그들을 믿고 3호점을 열기로 했다. 정말 신중하게 해야 하는 결정이었지만, 도리어 큰 걱정은 하지 않았다. 빵을 만드는 일도 커피를 만드는 일도 결국 사람이 하는 일이다. 진심으로 대할 수 있는 사람을 만난다면, 다소 어려운 일이라도 용기를 내어 헤쳐나갈 수 있다. 앞으로도 독특한 장소에서 시작된 이 새로운 여정이 모두와 함께 즐겁게, 편안하게 이어지길 소망한다.

## 직업으로서의
## 제빵

간혹 내가 빵을 만들게 된 이야기를 어디선가 듣고 찾아오는 사람들이 있고, 무작정 빵집 사장이니까 잘 알겠지 하고 오는 사람들도 있다. 대부분 아무렇지 않은 듯 빵을 사고 나가려다, 갑자기 생각났다는 듯 뒤돌아와서 나에게 질문을 던진다. 한참을 망설인 것이다. 그들은 빵을 사는 것보다 나의 경험에 대해 묻고 싶어하고 기대했던 답을 듣기를 원한다. 회사생활을 하다가 무언가 자신만의 길을 가고자 하는데 딱히 의논할 대상이 없어 오는 30대 회사원, 빵에 관심은 있는데 이걸 직업으로 할 수 있겠는지 질문하는 공무원, 나이가 많은데 빵은 좋아하고 지금 배우는 것을 시작해도 괜찮은지 가족들 눈치가 보이는 60대 어르신. 그뿐만이 아니

다. 초등학교 3학년 딸이 하루종일 빵에 관한 책만 들여다보고 있어 걱정이라는 엄마, 그리고 빵에 관한 책을 옆에 끼고 온 어린 여학생, 아이가 고3인데 대학보다는 요리에 관심 있어 걱정이라는 아버지도 있다. 어느 날엔 직업으로 사진을 찍는 요리 전문 매거진 기자가 촬영이 끝난 후 "빵집을 하고 싶은데 어디부터 시작해야 하는지 알려주세요"라며 작은 소리로 묻는다.

나는 그럴 때마다 본인이 빵을 먹는 걸 좋아하는지, 아니면 가끔 빵을 만들어보는 것을 즐기는지, 아직 경험해보지는 못했지만 빵 만드는 멋진 공간에서 구워져 나온 빵을 코에 대고 행복한 표정을 짓는 자신을 상상하는지를 물어본다. 그리고 내가 혼자서 처음 빵집을 시작할 때 새벽 4시부터 밤 11시까지 하루도 쉬지 않고 매일매일 빵을 만들어왔던 시절에 대해 이야기해준다. 화려한 무대 뒤의 모습을 알려주는 것이다. 그리고 나서 본인이 정확히 어떤 것을 좋아하는지, 앞으로 오랫동안 이 일을 할 수 있겠는지 판단해보라고 한다. 좋아서 시작할 수는 있지만 지속적으로 만족하며 일을 해나갈 수 있는지는 다른 문제이기 때문이다. 하지만 그들에게 빵 만드는 일의 어려움에 관한 이야기들과 함께, 용기에 관한 이야기도 꼭 한다. 무언가 변화가 필요하고 자신 안의 열정을 보았다면 일단 시작할 수 있는 준비는 된 것이며, 처음 경험해보는 일이니 당연히 낯설고 어렵고 두려울 것이지만 누구나 겪는 통과의례이므로 용기를 내면 반드시 넘어설 수 있는 과정이라

이야기한다. 그런 용기를 낼 수 있는 자신을 사랑하고 따뜻하게 생각해주면 좋겠다고도 이야기한다. 세상의 중심은 결국 자신이니까. 다행히 그들은 대부분 좋은 표정으로 되돌아간다.

사람들에게 빵은 무엇일까? 매일매일 빵을 만들어 그날을 사는 나에게 빵은 직업인 동시에 즐거움이다. 어떤 사람들에게는 그것이 좋아 보이고 편해 보이기도 하겠지만, 세상 모든 일이 그렇듯 빵집을 하는 것도 마냥 낭만적으로만 생각할 일은 아니다. 빵을 만드는 일은 새벽부터 밤까지 쉼 없이 몸을 움직여야 하는 육체노동이며, 매장에서 판매와 접객을 해야 하는 일종의 서비스직이기도 하다. 빵을 싸게 팔면 이윤이 얼마 남지 않을 것이고 너무 비싸게 팔면 팔리지 않을 것이니 기본적인 장사의 감각도 익혀야 한다. 한국에서 빵집에 취직한다면, 보통은 만족할 만한 소득으로 시작하기 어렵다. 사정이 나아져 장사가 잘되면 그만큼 벌이도 좋아지겠지만, 스스로 마음에 드는 빵을 만들면서 사업을 확장하는 일은 생각보다 쉽지 않다. 프랜차이즈 빵집들의 경쟁력이 생각보다 만만치 않고, 임대료와 원재료 값에도 늘 신경을 써야 한다.

그럼에도 빵을 만들고 싶다면, 나는 그들을 진심으로 축하해주고 싶다. 빵으로 가는 길은 어렵고 험난하지만 그만큼 아름답고 즐거운 길이기도 하다. 그들과 함께 그 길을 걷고 싶다.

## 빵은 왜 밀가루로
## 만들까

　빵은 왜 밀가루로 만들까? 내가 신입직원들에게 주는 첫번째 숙제이고 내가 빵에 관해 고민할 때 늘 생각하는 문제이기도 하다. 왜 밀알을 굳이 빻아서 물을 붓고 발효를 기다리고 뜨겁게 구워야 하는지, 그 당연한 것의 이유를 알고 싶었다. 밀을 가루로 만들어야 표면적의 증가로 활성도가 높아져 물과 잘 섞이고 효모가 활발히 활동하면서 당을 분해하며, 그 결과로 이산화탄소와 에탄올을 생성한다. 오븐의 열은 이산화탄소의 팽창으로 부풀게 되고 재료의 풍미를 간직한 에탄올이 증발하면서 향긋한 빵냄새를 가득 퍼뜨린다. 그래야만 사람의 혀와 위장 속에서 밀알의 변형물이 소화라는 과정으로 흡수되어 '맛있고 든든하다'라는 느낌

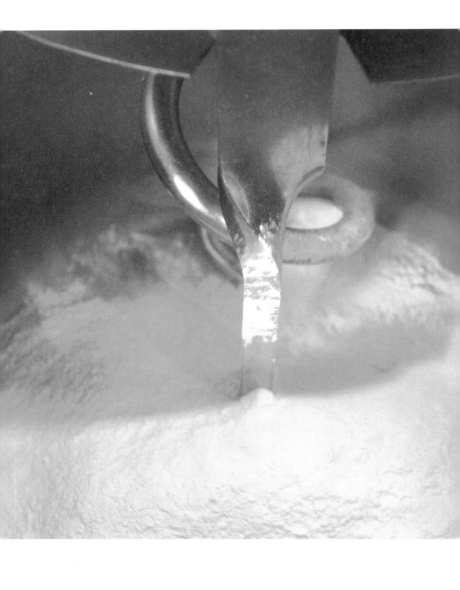

을 주는 것이다. 이러한 기본구조 속에서 특징적인 재료를 선택해 그 풍미를 최대한 끌어낼 수 있는 방법으로 빵을 만드는 일. 그중에서 나는 유독 공정에 관심을 두었다. 빵 만드는 과정 중 반죽과 발효와 성형, 2차 발효와 굽기의 과정들이 내가 움직이고 직접적으로 접촉할 수 있으며 빵의 완성도에 기여할 수 있는 부분이기 때문이다. 빵 만들기에서 나의 역할이 가장 필요한 그 부분에 내가 있길 원한다.

빵의 맛을 특징짓는 가장 중요한 요건들 중 하나가 밀가루의 선택이다. 요즘에는 참 다양한 밀가루들이 시중에 나와 있고 특히나 유기농 밀가루, 우리 밀을 이용한 밀가루, 프랑스산 밀가루 등 과거 흔치 않던 재료들로 인해 다양한 빵들이 만들어지고 있다. 손님들 중에는 어떤 밀가루를 사용하는지 질문하는 분도 있다. 나는 동네 슈퍼에 가면 팔고 있는 흔한 제빵용 밀가루를 사용한다고 대답한다.

"왜 우리밀이나 유기농밀은 사용하지 않는지요?" 손님의 질문에 다시 답한다. "일단 비싸요. 그리고 일반 밀가루는 대량 생산되며 일정한 품질을 유지하기에 내가 빵공정을 통해 품질을 유지하기가 용이합니다."

나는 특별한 밀가루보다 구하기 쉽고 늘 일정한 상태를 유지하는 밀가루가 좋다고 생각한다. 여러 공정을 다뤄야 하기에 주된 재료가 일정한 기준의 품질을 갖고 있다면 나머지 부재료나 과정을 제어하기 쉬워진다. 결국 균일한 품질을 유지할 수 있다는 이야기다. 그리고 상대적으로 저렴한 재료의 비용은 제품단가에 반영된다. 좋은 재료를 선택하는 것도 중요한 노력이지만, 잘 만드는 일은 반드시 해야 하는 책임이다. 아무리 맛있는 빵을 만들어도 구매자에게 선뜻 지갑을 열지 못할 정도의 가격이라면, 식사용 빵으로서의 매력이 떨어진다. 간혹 빵가게를 하시는 분들이 내게 오월의 종에서 파는 빵의 가격이 너무 싼 것이 아니냐고 묻곤 한다. 물론 이윤을 내는 것도 중요하지만, 사람들의 손에 쉬이 집히지 않는 빵이 될까 늘 고심하며 최대한 낮은 가격을 유지하고 있다. 만든 이의 수고로움과 재료의 가격, 임대료 및 각종 부대비용을 더해 합산되는 최선의 가격이라고 생각한다. 즐겁게 빵만 만들 수 있다면 좋을 텐데, 가게를 하는 한 이러한 고민을 하지 않기는 힘들 것이다.

## 빵의 시간을
## 존중할 것


　자연스럽다는 말은 말 그대로 자연이 변하는 모습처럼 보인다는 의미일 것이다. 빵을 만들다보면 거친 재료에서 먹을 수 있는 빵으로 변하는 과정이 정말 내 의지대로, 마음대로 할 수 있는 게 아니라는 사실을 알게 된다. 밀가루와 물, 효모와 소금, 이들이 어울려 서로가 닮아가며 하나의 결과물로 모이는 과정은 자연스레 시간을 필요로 한다. 억지스러운 시간의 조합은 결과물에 고스란히 흠으로 남는다. 만드는 이의 역할은 그 시간을 존중하고 기다려주며 살펴보는 것이라 할 수 있다. 더 빠른 공정, 구하기 힘든 정말 좋은 재료보다 자연스러운 변화를 담는 과정이 빵을 건강하게 만든다. 사실 건강한 빵이라는 게 별다른 것일까? 좋은 사람들과 나눠 먹으며 재미있는 영화도 한 편 보고, 일도 열심히 하고, 좋은 말과 웃음을 주는 말을 서로 함께할 수 있다면 그것이 건강한 빵일 것이다.

살면서 지금과는 다른 좀더 괜찮은 삶을 원하거나, 간절히 만나고 싶은 누군가를 그리거나, 꼭 하고 싶은 일을 향해 노력하고 바라는 마음을 우리는 모두 '기다린다'라는 말로 표현한다. 경우에 따라서 그런 일들을 의지에 따라 좀더 빨리 앞당길 수도 있을 것이다. 하지만 봄을 지나고 여름을 거쳐 가을 즈음의 파란 하늘을 보고 싶다면, 5월의 하얀 사과꽃을 바라보며 상큼한 열매를 맛보길 바란다면 우리는 여지없이 기다려야 한다.

언젠가 새로 들어온 직원 한 명이 늘 성실한 태도로 꽤나 열심히 빵을 만들고 있어 흐뭇하게 지켜보고 있었는데, 무슨 일인지 표정이 어두워 보였다. 왜 그러는지 물어보니 매일 열심히 배운다고 생각했는데 빵이 생각대로 잘 나오지 않는다고 하소연을 한다. 나는 그에게 누구에게나 처음은 있는 법이라고 이야기해주었다. 새로운 일을 시작하면 낯설고 모르는 것투성이이고 모든 것이 어렵게만 느껴지는 게 당연한 일이다. 빵은 머리로 이해하기보다는 몸으로 익숙해져야 한다. 그러기 위해서는 시간이 필요하며 묵묵히 기다려야 한다고 말이다.

내게도 모든 게 불만이었던 시절, 대책 없이 남 탓만 하며 보냈던 후회의 시간들이 있었다. 살면서 혹 실수나 실패를 하더라

도 그냥 나쁜 일이 일어났구나 하고 넘기고 쉬이 실망하지 않아야 한다. 앞으로는 그렇게 하지 않으면 된다는 사실 하나는 명확히 알았으니, 그 경험을 통해 현명한 답을 얻은 것이다. 어디로 가야 할지 모르고 헤매던 그때도, 어쩌면 지금의 내가 있게 한 소중한 기다림의 시간이었는지도 모르겠다.

## 아이들과
## 처음 빵을 만들던 날

    빵을 만들기 시작하고 마침내 처음으로 빵집을 열었을 때, 새로운 일에 대한 흥분도 있었지만 현실적인 부담도 꽤 컸었다. 늦깎이로 빵을 배우는 동안 첫째 아이가 태어났고, 많지 않은 월급을 받으면서 밤늦게, 혹은 새벽에나 겨우 집에 드나들던 시기여서 어린 아이를 한번 안아보는 것도 드문 일이었다. 빵집을 열고 나서도 자리잡는 데에 시간과 노력을 쏟다보니 아이와 함께하는 시간이 더욱더 짧아졌다. 한참의 시간이 흐른 후, 가게 문을 열고 아내의 손에 이끌려 들어오는 아이를 보며 너무나 미안한 마음이 들었다. 이곳저곳 신기하게 둘러보는 아들을 우유박스 위에 올려놓고 성형테이블 위의 빵반죽 하나를 쥐여주니, 나를 따라 작은 손

으로 반죽을 잡아보며 무척 기뻐하는 표정을 짓는다.

어느덧 둘째 아이도 태어났다. 밀가루투성이가 된 얼굴로 서로 시끄럽게 떠들며 이상한 모양의 반죽을 움켜쥐고 있는 아이들의 모습을 보고 있자니, 빵 만드는 사람으로서의 나와 두 아이들의 눈에 비치는 아버지로서의 내 모습 사이에서 앞으로 어떻게 살아가야 할지를 어렴풋하게나마 생각해보았다.

나를 위해 시작한 일이었다. 오로지 나만 생각하고, 하고 싶은 일을 선택해 즐긴 것이었다. 잘했다 싶지만 주변 사람들을 생각하면 참 이기적인 결정이었던 것 같다. 특히 아내와 아이들에게는 더욱 그러했다.

일을 마치고 집에 들어온 어느 날이었다. 딸아이가 나에게 "아빠한테 빵냄새 나요"라고 말하더니 웃으며 꼭 안아주었다. 시작은 나의 선택이었지만, 아이들을 통해 더 노력해야 할 이유를 찾은 듯했다. 빵을 많이 팔아 그 돈으로 아이들이 원하는 것들을 사주고 싶기도 했지만, 그저 열심히 만들고 만족하는 나의 모습을 아이들에게 보여주는 일 또한 내가 아이들을 위해 할 수 있는 또다른 나눔일 수도 있겠다는 생각이 들었다.

흐트러지지 않고, 지치지 않고 즐기면서 이 일을 행복으로 받아들이는 나의 모습이 아이들이 바라보는 아버지의 모습으로, 그들이 살아가면서 참고할 수 있는 하나의 기준이 되었으면 좋겠다. 아들에게 조용히 물어본다. "너 빵 배워볼래?" 아들은 대답한다.

"그냥 아빠가 만들어 갖다주는 빵 먹는 게 더 좋아요." 옆에 있던 딸도 말한다. "저두요." 참 해맑은 아이들이다. 똑똑한 것 같기도 하고!

## 케이크는
## 사먹자!

　케이크를 잘 못 만든다. 내 기준에서는 그렇다. 학원에 다니며 제과, 제빵을 배우던 초기에는 케이크를 만드는 작업이 참 흥미로웠다. 빵은 레시피 그대로 만들어도 도대체 결과물이 신통치 않았던 반면, 케이크는 레시피를 꼼꼼히 살피고 재료를 빠뜨리지 않고 챙겨 작업하면 그나마 의도된 형태로 만들어졌다. 주변 사람들도 내가 소질이 있어 보인다고 이야기해주었는데, 덕택에 더 흥이 나서 한동안 케이크 만들기에 흠뻑 빠져들었다. 생크림 만드는 방법, 무스 만드는 방법, 가나슈 끓이는 방법 등 케이크류를 만드는 데 필요한 온갖 방법들을 재미있어하며 배웠다. 이후 위층과 아래층으로 제과, 제빵 파트가 분리된 빵가게에 취직해 케이크 제조 파

트에 배치되었다. 우선 어마어마한 양의 설거지를 처리하는 일부터 시작했다. 재료 손질도 배웠고, 아이스크림 제조를 맡기도 했다. 조리실 안은 온통 달콤한 냄새로 가득했고, 뜨거운 식기세척기와 머리끝까지 띵해지는 급속 냉동고를 오가며 바삐 움직이는 나날들이 계속되었다. 꼼꼼히 포장하는 작업도 꽤나 어려운 작업이었던 것으로 기억한다.

점심시간에 빵 제조 파트 친구들과 같이 앉아 밥을 먹고 있노라면, 가운 앞섶이 시커메진 친구도 있고 단추가 거의 절반 이상 해져 떨어져버린 친구도 있었다. 주방모자 끝으로 삐져나온 머리카락에는 밀가루가 하얗게 묻어 있었다. 흡사 공사판에서 일하다 잠시 쉬러 나온 모양새로 케이크를 만드는 사람들의 하얀 가운과는 많이 달랐다. 그리고 그들의 몸에서는 항상 향긋한 빵냄새가 났다.

가게를 오가며 빵 파트의 주방 안을 들여다보면, 조용한 연구실 같은 케이크 파트 주방과는 영 딴판이었다. 그곳은 빵냄새로 가득했다. 나는 늘 묘하게 이끌려 발걸음을 멈추고 한참 동안 빵 만드는 광경을 바라보곤 했다. 매장에 케이크를 세팅하러 와서도 빵들을 이리저리 둘러보고 냄새도 맡아보고 살짝 건드려보기도 했다. 케이크와는 전혀 다른 느낌이었다.

하얀 크림을 시트 위에 올리고, 스패출러로 가만히 눌러 고르게 펴고, 회전하는 곡면을 따라 퍼져나가는 크림을 예리한 눈길로 주시하며 마지막 손질에 딱 떨어진 모양의 케이크를 보면서 짓던 미소가, 눈을 지그시 감고 코 안으로 들어오는 빵 구워지는 냄새를 맡으며 나른하게 짓는 미소로 점점 바뀌어갔다. 다른 가게로 이직을 하게 되었을 때, 케이크보다는 빵을 주로 만드는 곳으로 가기를 원했다. 마침 딱 적당한 가게가 있어 어려운 면접을 보고 입사하게 되었다. 그곳에서 빵의 기초부터 천천히, 하지만 제대로 배우기 시작했다.

가게를 처음 열었을 때부터 빵만 만들었던 것은 아니다. 그래도 시간을 들여 배운 것인데 아깝다는 생각이 들어 많지는 않지만 케이크를 만들기도 했었다. 나름 맛있다는 평가도 제법 들었고 찾는 손님도 있었기에 한동안 만들어 팔았다. 어느 날 팔리지 않은 케이크 하나를 저녁 끼니를 때울 겸 먹어보았다. 심플한 모양의 케이크 모퉁이를 조금 잘라 입에 넣고 한참을 먹고 있으니, 문득 참 맛이 없다는 느낌이 들었다. 원래 단맛을 그리 즐기지 않아서 만들면서도 시식을 별로 하지 않았었는데, 모처럼 먹어보는 내가 만든 케이크의 맛은 스스로에게 전혀 감흥을 주지 못했다. 좋은 재료와 공정으로 열심히 만들었다고 생각했는데, 내 입안의 케이크는 전혀 좋은 맛이 아니었던 것이다. 늦은 자각에 이를 어찌하나 싶어 한동안 멍하니 앉아 있었다.

케이크는 참 어려운 음식이다. 재료를 선별하는 것도 어렵지만 손질과 전처리를 거쳐 다시 그 재료를 융합하고 맛의 균형을 잡아 딱 떨어지는 모양새로 만들어야 한다. 손과 직접적인 접촉을 최대한 피해야 하는 작업이다. 최대한 반죽에 많이 손을 대야 하는 빵과는 정반대라 볼 수 있다. 그래서 한참을 고민하다가, 모든 것을 잘할 수 없으니 어설프게 만드는 것보다 내가 끌리는 것, 손으로 만지고 느끼기 좋은 빵을 선택하고 그 하나만이라도 제대로 해보기로 했다. 앞으로 케이크는 만들지 말고 사먹자! 그렇게 결정하고 며칠이 지난 후 고물 사시는 분이 지나가기에 케이크 쇼케이스를 양도했다. 비로소 마음이 가벼워졌다.

내가 만들면서도 스스로 맛이 없다 느껴지는 제품을 남의 손에 쥐여주고 돈을 받을 수는 없다. 돈 이전에 나를 팔아먹는 일이라고 생각한다. 얼마전 딸아이의 생일날 길 건너 케이크 파는 가게에 들러 사온 케이크를 먹으면서, 그때 참 좋은 결정을 했구나 싶어 다시 한번 고개를 끄덕여보았다.

## 일기를 쓰듯 만드는 빵, 호밀빵

 

나의 가게에서 잘 안 팔리는 빵 1위는 늘 호밀빵이다. 호밀이라는 밀가루로 만드는 빵들인데, 일반 밀가루와 혼합해서 사용하기도 하고 호밀로만 만들기도 한다. 호밀로 만든 천연효모 발효종인 사워도를 사용하는데, 호밀의 특성상 무겁고 조직이 치밀하며 천연효모 작용으로 산미가 특히나 높다. 호밀 100% 빵은 케러웨이 caraway라는 허브를 첨가하는데, 강한 향을 내서 손님들이 싫어하는 빵 1순위를 계속 유지하는 데 기여한다.

천연효모에는 빵효모뿐만 아니라 여러 박테리아들이 함께 들어 있고 호밀의 특성과 박테리아의 활동으로 특유의 산미를 만들어낸다. 아주 오랜 옛날 유럽지역에서는 척박한 땅에서 얻을 수 있

는 호밀과 천연효모, 약간의 소금, 그리고 물로만 빵을 만들었다. 이렇게 만든 빵의 보존기간을 늘리기 위해 미생물 번식을 막을 방법으로 일종의 허브를 첨가했는데, 나는 그런 빵을 만들어보고 싶었던 것이다. 처음 가게를 오픈하던 때부터 지금까지 매일매일 만들고 있고 늘 제일 늦게 팔리거나 남는 빵인데도, 왜 이리 줄기차게 만들고 있을까?

나는 일기를 쓰듯 그 빵을 만든다. 하루하루 빵 만드는 시간을 이어가듯, 천연효모종은 일부 사용하고 그 일부에 다시 밀가루를 보충하여 생명을 이어나간다. 하루도 쉴 수 없는 이유다. 그래서 팔리던 안 팔리던 상관없이 만든다. 오늘도, 내일도 나의 호밀빵 만들기가 다른 이유와 상관없이 이어지기를 바란다.

## 가장 만들기 어려운 빵, 바게트

　가장 단순한 재료 구성을 갖는 배합으로 만들어지는 빵 중 대표적인 것이 바게트다. 프랑스 빵들 중 가장 널리 알려지고 많이 만들어지는 빵이다. 유럽 스타일이니 하드계열 빵이니 하는 종류들 중에서 어찌 보면 가장 기본이 되는 빵이기도 하다. 나는 가게를 처음 시작할 때부터 바게트를 만들었다. 다른 가게에서 직원으로 근무할 때 바게트 성형하는 법을 배우는 데만 약 6개월가량이 걸렸다. 반죽의 특성을 이해하는 건 고사하고 모양을 만드는 것부터 까다로운 빵이다. 수많은 연습 끝에 손바닥 밑으로 모아지는 반죽의 촉감을 느끼면서 비로소 원하는 모양이 만들어질 때면 벅찬 희열을 느끼기도 한다.

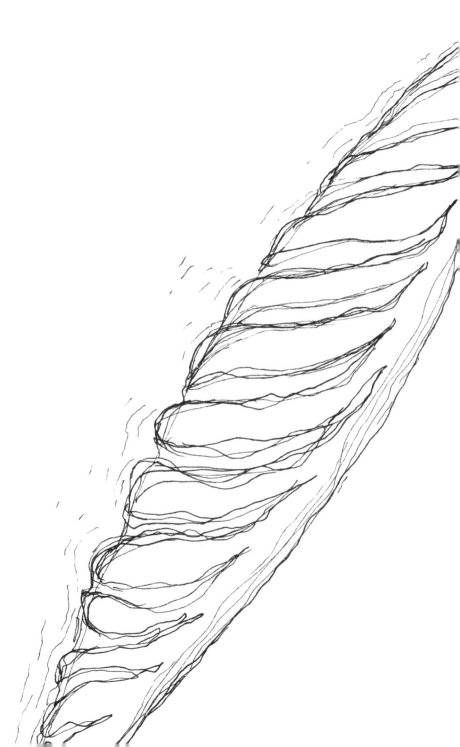

밀가루, 효모, 물, 약간의 소금으로 이루어지는 배합은 외부의 온도나 습도에 매우 민감하고 적정 반죽온도인 24℃를 놓치면 좋은 결과물을 얻기 어려워진다. 기다란 형태의 모양은 손에서 일정한 힘 조절이 필요하고 반죽 표면에 상처가 나서도 안 된다. 단순한 배합과 일정한 모양을 갖추다보니 만든 사람의 솜씨나 기술 정도를 비교하고 가늠하기 딱 좋아서 제빵대회의 대표적인 주제가 되곤 한다. 그래서 빵 만드는 사람들은 바게트를 두고 어떤 기술력의 척도로 보는 경향이 있다. 나 또한 바게트에 관한 열정이 있다. 재료보다는 공정이 중요시되는 빵이므로 개인적인 관점에서도 부단히 노력한다. 지금도 바게트를 오븐에서 꺼내기 전에 오늘의 바게트는 어떻게 나올까 조바심을 내며 기다린다. 짙은 황금색 몸통에 자연스럽게 터진 칼집 형태로 오븐 문 밖으로 나오면, 바스러지는 맑고 투명한 소리를 낸다. 단단한 껍질이 온도가 내려가면서 수축되며 깨지는 소리다. 참 멋진 소리다.

바게트가 참 맛있다는 소리를 듣는 건 언제나 기분 좋은 칭찬이다. 일반 밀가루로 바게트를 만들면 프랑스 현지의 바게트와는 같지 않지만, 세심하게 다루면 나름 괜찮은 바게트가 만들어진다. 나의 다른 빵들도 그렇지만 재료의 선별보다는 하나하나 맞춰가는 공정에 초점을 두고 그렇게 나오는 결과물에 나름 만족한다. 나의 손으로 만든 것인 만큼 애정이 많을 수밖에 없다. 바게트를 많이 만들어야 하는 날에는 흥이 좀더 나는 이유이기도 하다.

## 달콤한 기다림의 빵,
## 슈톨렌

    슈톨렌은 전통적으로 독일에서 만들던 빵인데, 12월 초부터 만들어 크리스마스를 기다리며 한 조각씩 먹던 빵이다. 높은 당도와 버터 함유량을 가진 빵으로, 버터를 녹여 빵에 코팅한 후 슈거파우더를 하얗게 토핑한다. 당 성분이 높게 배합되어 있고 버터로 코팅한 덕분에 한 달 이상 실온에 보관하며 먹을 수 있다. 여러 과일과 마지팬marzipan이라는 아몬드파우더로 만든 반죽을 포함하기도 한다. 직원으로 근무하던 곳에서 처음 경험한 그 빵은 첫 가게를 오픈한 후 꼭 만들어보고 싶었던 빵이었던지라 우선 준비를 했다. 이유인즉 재료 중 건조과일을 럼주에 담가 숙성시키는 과정이 있는데, 이 기간을 1년으로 계획하고 그해 12월 딱 한 달만 빵을

만들어 팔기로 다짐했기 때문이다. 1년을 잘, 그리고 열심히 일했다고 나 자신에게 주는 선물 같은 빵으로 의미를 두었다. 숙성시키는 과일의 양만큼만, 그것도 딱 12월 한 달만 만들어 파는 빵으로서 내 가게의 유일한 한정품목이다. 처음에는 대부분 주변 지인들과 손님들에게 선물로 주었다. 첫 가게 오픈하고 다음해 12월 처음 만들었을 때는 약 60개 정도로 시작했는데, 지금은 무려 2000개가 넘는 슈톨렌을 12월에 만든다. 한 해 동안 열심히 살아온 나에게 주는 작은 선물로서의 의미로 만들었던 것이 차츰 주변 사람들, 손님들 사이에서 크리스마스 빵으로 소문이 나면서 이제는 12월 되기 전부터 구매 문의를 주신다. 지금도 그 한정수량 중 일정량을 감사했던 주변 분들에게 크리스마스 선물로 드리고 있다. 멀게는 일본과 미국까지 보내드린다. 그곳에 오래전부터 나의 빵을 선택해주셨던 분들이 있기 때문이다. 슈톨렌은 그들과 나를 이어주는, 그래서 더 달콤하게 느껴지는 빵이다.

## 모두가 좋아하는 빵,
## 소보루빵

　소보루빵은 바삭한 과자덩어리와 부드러운 속살로 만들어진다. 두 가지 식감이 잘 어우러진 빵으로 오래전부터 국내 제과점들의 기본적인 빵이자 언제 어디서나 잘 팔리는 제품이다. 누구나 낯설어하지 않고 부담 없이 선택하는 이 빵은, 사실 많은 재료의 조합과 복잡한 생산과정을 거쳐야 하는 꽤 난이도가 높은 제품이다. 나도 예전에는 상당한 양을 생산했었다. 오월의 종을 처음 열면서부터 줄곧 이 빵을 만들기 시작했으나, 신제품 출시 등으로 점점 작업량이 많아지면서 결국 판매제품군에서 제외했다. 개인적으로도 맛있게 먹는 빵 중 하나였지만, 아쉽게도 한동안 생산을 중지한 상태였다. 그렇게 2년 정도 지나, 얼마 전 매장 직원을 통해 한

장의 편지를 전달받았다. 꽤 장문의 편지였는데, 그 내용이 다름
아닌 소보루빵에 관한 내용이었다. 간략하게 정리하자면, 오월의
종의 소보루빵을 맛있게 사먹던 중 갑자기 판매가 중지되어 많이
아쉬웠고, 늘 생각이 나서 이렇게 부탁드리니 소보루빵을 다시 만
들어줄 수 없겠느냐는 것이었다.

　편지를 읽고 나자 한없는 부끄러움이 밀려왔다. 나도 결국 신제
품이나 잘팔리는 제품 위주로 빵을 만들고 있었구나 하는 자책감
이 들었던 것이다. 그리 특별한 빵은 아니라지만 그 빵을 먹는 사
람과의 소통과 교감을 나의 욕심으로 막고 있었던 것 같았다. 그
날 오후 소보루 레시피를 오랜만에 꺼내들고, 필요한 재료를 주문
하고, 며칠간의 테스트를 거쳐 매장 한켠에서 소보루빵을 다시 판
매하기 시작했다. 그리고 문 앞 유리창에 '소보루 돌려드렸습니다'
라고 써붙여놓았다. 그날 나는 처음으로 빵을 만들던 그때의 간절
한 마음을 돌려받았다. 내가 잊고 살았던 것을 알려준 그분에게
미안함과 고마움을 전한다.

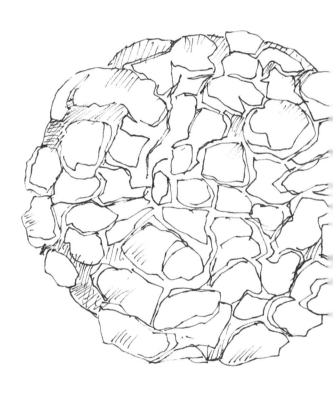

## 막걸리로 만든 빵

　나의 가게는 만들어진 순서대로 1호점, 2호점, 3호점이라 불린다. 그런데 각 지점별로 만드는 빵이 다르다. 찾아오는 손님들 중 그 점이 꽤 불편하다 말씀하시는 분들이 있는데, 나는 그럴 만한 나름의 이유를 가지고 있다. 우선 공간의 크기나 설비가 차이가 있어 같은 레시피라도 제품의 맛이 조금씩 차이가 난다. 물론 그 차이가 미세한 제품도 있고, 큰 제품도 있다. 이걸 고민하던 나는 아예 각 지점마다 다르게 만들어보아야겠다고 결심했다. 같은 방법으로 만드는 빵도 있지만, 바게트 같은 대표적인 빵들은 다른 레시피를 적용한다. 또 각 지점별로 특정한 제품도 만든다. 바게트는 예민한 특성 때문에 같은 재료, 같은 레시피라 해도 작업공간이나 믹서기와 오븐에 따라 맛과 질감이 달라지며, 성형하는 사람에 따라서도 꽤나 다르게 만들어지곤 한다. 지점마다 아예 천연효모종 자체를 다르게 사용하기도 한다. 그래서 같은 바게트라도 다른 식감과 풍미를 갖는다. 이를 두고 처음에는 빵맛이 변했다 하는 사람도 있었다. 하지만 지금은 각기 다른 바게트 맛을 두고 나름 긍정적인 반응이 많아졌다.

빵 만드는 사람 입장에서는 여러 가지의 빵을 만드는 것도, 같은 빵을 다른 방법으로 만드는 것도 모두 흥미진진한 일이다. 나는 늘 실험적인 빵을 만드는 작업에서 큰 아이디어를 제공받는다.

막걸리로 빵을 만들게 된 데에는 귀중한 인연이 숨어 있다. 가게 근처에 있어 자주 오가던 어느 건축사무실에 커피나 한 잔 나눠 마실까 하여 잠시 들른 어느 날이었다. 그런데 커피는 어디 갔는지, 건축사무실 대표님이 기다란 모양의 병을 하나 들고 왔다. 그것은 놀랍게도 막걸리였는데, 여느 막걸리 병과는 전혀 다른 날렵한 모양이었다. 나는 속으로 모양이 저러하니 내용물이 조금밖에 안 들어가겠다 하고 생각했다. 대표님은 내게 그 막걸리를 한번 맛보기를 권했다. 한 모금 삼켜보니 전혀 탁하게 느껴지지 않았고 입안에서 상큼한 맛이 감돌더니 독특한 뒷맛이 났다. 균이 살아 있는 생막걸리를 마시고 있자니, 건축사무실 대표님이 선뜻 제안을 하나 한다. 이 막걸리로 빵을 만들어보면 참 재미있을 것 같다는 이야기였다. 아, 이걸 빵에 써봐야겠구나! 그 순간 나도 머

릿속이 불이 켜진 듯 환해졌다.

　그날 저녁, 가게로 막걸리 한 병을 들고 와서 밀가루와 섞어서 발효종 형태의 반죽을 만들어보았다. 이튿날 그 발효종으로 다시 본반죽을 만들어 식빵 몇 개를 구워냈다. 기대했던 것만큼 멋진 맛이었다. 물론 빵을 만들고 나면 막걸리 특유의 향은 사라진다. 하지만 기존 빵과는 다른 묵직한 식감과 탄성 있는 속살, 은은한 향기와 함께 더욱 깊은 맛이 살아났다. 그즈음 영등포 타임스퀘어 매장 오픈을 앞두고 제품공정을 고민하던 터라, 시의적절하게 막걸리발효종을 이용한 바게트류의 빵을 만들어야겠다는 결정을 내렸다.

　'복순도가 손막걸리'. 울산광역시 울주군, 벼가 가득한 들판 가장자리에 위치한 도가를 찾아 이른 아침에 출발했다. 건축사무실 대표님과 복순도가 건물을 리모델링한 복순도가 대표님의 자제분이 선후배로 막역한 사이였고, 그 인연으로 방문을 허락받고 찾아간 길이었다. 도가의 리모델링을 완료한 후 진행한 오픈행사에 초대받은 것이었는데, 내심 막걸리를 만드는 어른께 막걸리를 이용해 빵을 만들겠다는 나의 생각과 그 이유를 말씀드리고 허락을 받고자 했다. 고집스럽게 수작업을 거쳐 정성스레 만드는 막걸리를 그냥 사다가 빵을 만들 수는 없었다. 꼭 허락을 받아야만 만들고 싶었던 막걸리발효종을 이용한 빵을 만들 수 있을 것 같았다. 그렇게 도가 어른들께 예상보다 쉽게 허락을 받았다. 빵을 잘 만

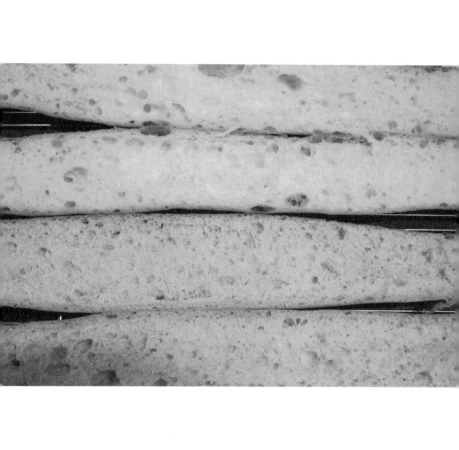

들어보라는 격려의 말씀을 가득 담아 다시 서울로 향했다.

　오월의 종 바게트는 1호점, 2호점, 3호점 모두 다른 발효종을 사용한다. 1호점은 산미가 강한 오렌지액을 이용한 르방발효종으로 가볍고 바삭한 식감의 바게트를 만들고, 2호점은 중간 정도의 산미를 가진 건포도액종을 이용해 내상이 부드럽다. 3호점은 막걸리발효종을 사용해 묵직한 식감과 풍부한 향을 내는 바게트와 캄파뉴를 만든다. 같은 바게트지만 다른 방법과 재료에서 나타나는 차이가 매우 흥미롭고 재미있다. 빵 만드는 사람만 느낄 수 있는 귀중한 행복이다.

## 한 장의 레시피를
## 위하여

레시피라는 건 만들고자 하는 빵의 주요 재료의 준비와 비율, 시간순서에 따른 공정, 공정별 주의해야 할 점, 상황별 조치사항 등 빵 하나를 만드는 데 필요한 모든 것들을 적어두는 종이 한 장이다. 수많은 테스트를 거친 결과를 담고 있는 한 장의 레시피는 만드는 사람이 노력한 시간과 노고 또한 고스란히 담겨 있는 중요한 기록이다. 단순한 재료와 무게, 숫자의 나열로 보일 수도 있지만, 누군가에게는 수많은 시행착오를 겪으면서 만들어진 보물 같은 것일 수도 있다. 나도 여러 날에 거쳐 하나의 레시피를 만들어보곤 했지만 결코 쉽지 않은 작업이었다.

하나둘씩 늘어가는 빵들과 함께 레시피도 쌓여갔다. 우선 직원들에게 레시피를 공유하면서 함께 빵 만드는 작업을 하고 내 손을 떠나 직원들의 손에서 만들어지는 빵을 보기도 하면서, 결국 내가 빵을 만들기 위해 만든 레시피지만 그것이 나 이외의 다른 사람에게 전해져 같은 빵이 만들어지는 건 대단히 기분 좋은 경험이라는 생각이 들었다. 레시피가 지식의 전달매체로 매우 훌륭한 역할을 한다는 사실을 다시 한번 깨닫게 되었다.

레시피를 처음 만들어내는 건 참 힘든 작업이지만, 그걸 보고 또다른 사람이 빵을 만들 수 있게 이해하기 쉬우면서도 정확한 정보를 담아야 한다. 내가 만든 것이니 절대 다른 사람에게 보여주지 말아야 할 비밀문서가 아니다. 빵을 만들고 싶은 모든 사람에게 전하는 나의 빵 만들기 편지 같은 것이라 생각한다. 지식은 나누면 커진다. 나의 경험과 지식은 또다른 사람들에 의해서 더욱 세련된 모습으로 바뀌고 그들의 경험이 더해져 좋은 빵을 만들게 될 수 있을 것이라고 생각한다. 그래서 내 가게에서 만들어지는 모든 빵들의 레시피는 원하는 사람들에게 기꺼이 나누어준다. 똑같이 만들어보고, 본인의 생각을 더해서 더 좋은 본인만의 빵을 만들어보라고 독려한다. 누군가는 그래도 중요한 건 빼놓고 줄 거야, 하는 의심을 보내기도 하지만 나는 탈탈 털어 다 보여준다. 나도 처음에는 누군가의 레시피로부터 배움을 시작했기에, 나의 시간과 노력을 더해 한 장의 레시피를 만들고 그것이 또 누군가의 시작이 되었으면 좋겠다.

# Maple Tatty

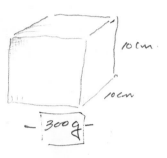

10cm
10cm
- 300g -

| maple 식빵(7늙) | | 1K |
|---|---|---|
| 밀가루 | 100 (%) | 1,000 |
| maple | 20 | 200 |
| 소금 | 1,5 | 15 |
| 버터 | 4 | 40 |
| 쌔이스트 | 2,5 | 25 |
| 물 | ~~60~~ | ~~600~~ |
| | 55 | 55 |

( kaisorsemmel )

| 카이저 쟘 멜 | | 2K |
|---|---|---|
| 강력 | 70 % | 1200 |
| 중력 | ~~35~~ 35% | 500 |
| chia powder | 5 % | 100 |
| 쇼트닝 | 3 % | 60 |
| 소금 | 1,8 % | 36 |
| 이스트 | 1 % | 20 |
| maple | ~~7~~ 5% | ~~30~~ |
| 물 | 66% | 1320 |

( 아채 식사용
수프의 빵 )

Topping
→ 치아 seed
→ 깨
→ 파피 seed

70g        20개
600g

## 반드시 천연효모로
## 만들어야 할까?

빵을 만드는 다양한 방법들 중, 천연효모를 사용하는 방법이 있다. 천연효모란 대량 생산을 위한 상용 이스트가 아닌 빵 만드는 사람이 직접 배양의 공정을 거쳐 만들어내는 자체 제작 효모인데, 형태상 미생물을 의도적으로 키워 그중 빵효모를 밀가루와 섞는 방법으로 발효시켜서 사용한다. 일찍이 오랜 옛날부터 빵을 만들기 위한 원초적인 방법이었으나 현재 천연효모 사용은 지역 소규모 빵집에서만 그 명맥이 이어져오게 되었다. 재료의 풍미와 타 식재료와의 매칭이 좋은 식감, 그리고 인위적인 첨가물이 적게 들어가는 배합으로 인해 건강한 식생활의 한 요소로서 최근 다시금 자리잡게 되었다. 만드는 공정이 길어 쉽지 않은 일인데, 일일이 사람 손으로 정성스레 기르고 시간을 들여 만든다는 감성적인 부분까지 더해져 자연친화적 음식으로 인기가 많다.

내 가게의 빵들 중 약 80% 정도는 이 천연효모를 바탕으로 만들어진다. 가끔 빵을 구매하는 소비자나 심지어 빵을 만드는 사람들 사이에서 천연효모를 사용하는 게 궁극의 빵을 만드는 유일한 방법으로 회자되는 것을 듣는다. 하지만 나는 좀더 명확한 이유를 가지고 말한다. 식사 구성 중 밥에 해당하는 의미의 빵을 만들고 싶은데, 그러다보니 너무 튀지 않고 다른 반찬 같은 재료를 감싸안을 수 있어야 한다. 그것을 표현하려다보니 강한 풍미의 재료는 줄이거나 아예 안 쓰고, 밀가루 고유의 풍미를 내기에 맞춤한 방법이 바로 천연효모를 사용한 빵 만들기인 것이다.

요즘에는 천연효모를 만드는 여러 가지 방법들이 생각보다 널리 이용되고 있고, 재료도 다양하게 이용하는 추세다. 계절에 따른 제철 생과일과 허브 종류로부터 유제품과 건조된 과일까지 수많은 재료들이 존재한다. 일단 나는 언제 어디서나 구하기 용이한 재료를 선호하고, 또 그것의 상태가 계절에 크게 영향받지 않는 것들을 선택하는 편이다.

가장 단순한 형태의 천연효모종은 물과 밀가루의 조합이다. 사워종의 경우 물과 호밀가루를 반반 정도의 비율로 살균된 작은 유리병에 섞어서 뚜껑을 살짝 열어두거나, 비닐랩으로 밀봉한 뒤 몇 개의 구멍을 뚫어둔다. 물 안의 세균들과 공기 중의 효모들이 자연스럽게 호밀반죽과 접촉하게 두면 된다. 물론 효모가 가장 발육하기 적당한 온도를 어느 정도의 범위 안에서 유지하는 것이 좋다. 대략 실온 기준으로 25~27℃ 정도가 적당하다. 대략 8시간 이상 지나면 효모의 발육상태를 병 안에서 볼 수 있는데, 기포의 생성과 부피의 증가를 육안으로 확인할 수 있다. 뚜껑을 열어 냄새를 맡아보면 상큼한 발효향이 느껴진다. 효모를 호밀가루에 적응시키기 위해 발효된 반죽 일부와 물, 그리고 호밀가루를 보충해주고 실온에서 8~12시간 기다려주면 좀더 활기 있는 발효종을 얻을 수 있다. 이 과정을 몇 차례 반복하면 빵을 만들기 적합한 건강한 호밀발효종—사워종이 만들어진다.

보통 밀가루와 물의 구성에서 당분을 함유한 과일이나 기타 재료를 이용한 발효액을 물 대신 사용하면 좀더 활발한 발효종을 얻을 수 있는데, 나의 경우에는 동네 슈퍼마켓에 가면 구할 수 있는 건포도나 빵의 충전물로 쓰고 있는 건조무화과를 주로 사용한다. 3호점에서는 생막걸리를 사용하고 있다. 당분과 산 성분이 추가된 액체를 밀가루와 혼합함으로써 더 우수한 발육상태를 만들고 이를 유지하는 데 필요한 풍부한 영양을 제공하는 것이다. 결과적으로 풍미 좋은 발효종 빵을 만들기 적합한 효모종이 탄생한다.

상용 이스트에 비해 많이 약하고 적은 수의 효모이기에 이 모든 과정에서 온도와 습도, 그리고 밀가루 보충을 예민하게 맞춰주어야 하며, 태어나고 사멸하는 생물이기에 가장 건강할 때 빵을 만들어야 좋은 결과물을 얻을 수 있다는 점에 유의해야 한다.

자신이 마음에 드는 상태의 천연효모종이 완성되었다면, 이제 빵 만들기를 시작해야 한다. 개념적으로 반죽을 발효시키는 것이 이스트인데, 천연효모종은 일반적인 상용 이스트에 비해 매우 적은 양의 빵효모를 가지고 있다. 상용 이스트의 일반적인 배합량이 밀가루 대비 1~3%라면 천연효모종은 20~30% 정도가 되어야 정상적인 발효를 기대할 수 있다. 나는 상용 이스트 0.5%에 천연효모종 20% 내외를 병행하는 방법을 자주 사용한다. 좀더 안정적인 발효를 기대함과 동시에 천연효모종의 풍미를 충분히 낼 수 있는 조합이다. 계절에 따른 온도 변화에도 비교적 민감하지 않아 균일한 상태의 빵을 만들 수 있다.

호밀만으로 만드는 빵에는 천연호모종만 사용하는데, 그 양이 밀가루 대비 80%에 육박하기도 한다. 물론 충분한 산미를 내기 위한 배합량이기도 하다. 다른 빵들에 비해 높은 산미를 나타내다보니 폭넓은 수요자들이 있는 건 아니지만 일부 식사빵을 찾는 분들은 반갑게 구매하는 빵이다. 빵을 만드는 사람의 입장에서는 많은 손길과 세심한 관리를 필요로 하지만 그만큼 더 즐겁게 만들고 애정도 깊다. 매일매일 키워야 하는 발효종과 그것을 넣은 빵을 만드는 일은 사과나무를 심어 거름을 주고, 정성스레 키워 마침내 열매 맺게 하여 수확하는 농사와 같은 느낌을 준다. 나는 매일 첫 빵을 벽돌 같이 무거운 호밀빵으로 시작한다. 그것이

팔려서 얻는 이익보다 만드는 노동 자체가 값지다는 사실이 나를 기쁘게 하기 때문이다.

각각의 종류의 빵들에 필요한 식감과 풍미를 만들어내는 다양한 방법들이 있고, 천연효모 또한 그러한 방법 중 일부다. 빵을 만드는 사람은 알맞은 방법을 선택해 최대한 재료 본연의 매력을 살려내야 한다. 그러한 방법들을 현명하게 의도한 바대로 제품에 적용할 수 있는 베이커야말로 좋은 베이커다. 세상에서 가장 맛있는 빵은 '배고플 때 남이 사주는 공짜 빵'이라는 엉뚱한 해석이 꼭 틀리지는 않다. 여러 조건과 많은 재료, 다양한 상황 속에서 빵을 찾는 모든 사람들을 만족시키는 빵을 만들어야 한다는 의미다. 시장 한구석에서 튀겨내는 꽈배기 한 봉지의 추억이 오래가는 이유다.

꽈배기는 요즘에는 찾아보기도 쉽지 않은 빵이다. 어린 시절, 어머니는 나의 손을 이끌고 장 보러 가면서 시장 입구에 있는 순댓국집에 나를 앉혀놓고 순댓국 한 그릇을 시켜주었다. 내가 순댓국을 먹는 동안 어머니는 시장 이곳저곳을 다니며 장을 보았고, 다시 순댓국집으로 돌아올 때에는 비닐봉지 안에 꽈배기를 담아 가지고 와서 내 손에 들려주셨다. 그래서 나는 꽈배기라는 빵이 시장에서만 파는 빵인 줄 알고 있었다.

꽈배기는 커다란 무쇠솥에 담긴 검은 기름에서 튀겨져 나오는 정리 안 된 가게의 음식이니 싼 값을 받는 게 당연하다고 여겨지기도 한다. 하지만 갈색 몸통에 하얗게 설탕을 덮고 나온 꽈배기를 한입 베어물면 누구든 맛있다는 소리가 절로 나올 수밖에 없다. 나 또한 쫄깃한 그 식감을 늘 좋아하곤 했었다. 빵을 만들게 된 지금 그 옛날 꽈배기를 떠올려보면, 누구에게도 낯설지 않고 편하게 입에 가져갈 수 있는 빵이었다는 생각이 든다. 꽈배기가게 앞에서 엄마가 손으로 뜯어 어린 아들 입에 넣어주고 나서 자신도 한입 깨물고 서로 마주보며 웃는 모습은 무엇과도 바꿀 수 없는 귀중한 풍경인 듯하다. 고상한 역사를 가진 빵도 있겠지만, 나의 빵도 꽈배기처럼 정감 있는 모습이라면 좋겠다. 비록 내 가게에서는 꽈배기를 만들고 있지는 않지만, 금방 튀겨져 나온 따끈한 꽈배기를 사먹는 그 즐거움만은 계속 간직하고 싶다. 어린 나의 입에 꽈배기 한 조각 넣어주시던 어머니의 미소도 함께 말이다. 가끔 파리바게트에 들러 꽈배기와 비슷한 찹쌀도넛을 즐겨 사먹는 이유기도 하다.

## 발효에 관한
## 생각

　제빵공정을 거쳐 만드는 사람의 생각이 반영된, 자신만의 독특한 풍미를 갖고 있는 빵을 만들고 싶다면 발효공정에 개성적인 방법들을 찾아내는 것이 우선이다. 나의 경우 큰 틀에서의 제빵목표는 다른 음식과 잘 어우러지는 밥과 같은 역할의 식사빵을 만드는 것이다. 빵의 개성이 너무 강하면 다른 식사용 재료와 이질적인 부분이 생겨 쉽게 물린다. 때문에 담백하고 적절한 산미와 식감을 추구한다. 그래서 빵 재료들 중에서 유지나 설탕 등의 비율을 줄이거나 아예 넣지 않고 만드는 방법을 선호하는 편이다. 물론 버터와 같은 유지나 설탕 등은 빵의 품질을 높이는 중요한 재료이며 발효공정에도 큰 영향을 준다. 적은 비율로 배합하거나 아예 첨가가 되지 않으면 발효시간이 많이 길어지는 현상이 나타난다. 상용 이스트와 천연발효종의 가장 큰 차이는 그 안에 포함되어 있는 빵효모균 수량의 차이다. 상용 이스트는 빵효모균을 정제된 시설에서 집중배양하여 응축시킨 형태지만, 천연효모는 좀더 열린 공간에서 자연발육을 시키기 때문에 효모균 이외의 다른 종류의 균들도 많이 포함하고 있다. 결국 빵 효모균에 의한 발효가 상용 이스트에 비해 느리게 진행되고 다른 균들의 영향으로 독특한 풍미가 나타나게 되는 것이다.

나는 내가 원하는 식감을 만들기 위해 몇 가지 효모와 발효공정을 구별해서 빵을 만들고 있다. 소프트계열의 빵의 경우 상용 이스트만으로 만든다. 하드계열 빵의 경우에는 상용 이스트와 천연효모를 병행하여 만든다. 마지막으로 사워도 호밀빵은 천연효모만으로 만든다. 발효공정은 폴리시반죽과 발효반죽의 두 가지 형태로 나뉘는데, 전자는 물과 밀가루 배합을 1:1 비율로 섞고 천연효모 일부를 더해 12시간 발효 후 본반죽에 첨가하는 방법이다. 후자는 물과 밀가루, 상용 이스트를 첨가하여 된반죽 형태로 12시간 저온숙성 후 본반죽에 첨가하는 방법이다.

천연효모를 사용한 반죽은 빵을 만드는 가장 오래된 방법이다. 사실 주식으로 빵을 먹는 세계 여러 지역에서도 근대의 공장 제조 이스트가 나오기 전까지는 모두 천연효모에 의지하여 빵을 만들었다.

나는 천연효모를 많이 사용하고 있지만, 늘 말하듯 모든 빵을 천연효모를 사용해서 만들 필요는 없다. 반드시 그렇게 만들어야 좋은 빵, 맛있는 빵이 되는 것은 아니다. 상용 이스트를 사용해도 충분히 좋은 풍미를 내는 빵을 만들 수 있다. 빵마다 그 특징을 가장 잘 표현할 수 있는 효모상태와 공정이 제각기 다르기 때문이다. 그러므로 천연효모를 사용할 때는 분명한 목적이 있어야 한다. 좋은 재료도 중요하지만 결국 알맞은 비율과 공정이 좋은 빵을 만든다고 나는 생각한다.

내가 선택한 천연효모의 사용법은 이러하다. 건포도나 설타너 Sultana를 물에 담가 발효액을 만들고 그 액을 밀가루와 섞거나 호밀 또는 통밀에 섞어 발효종을 만든다. 만들어진 발효종은 일부 사용함과 동시에 밀가루를 보충해 영양분을 공급해주고 다시 발효를 통해 증식시킨다. 이런 방식을 통해 효모를 지속 가능한 상태로 유지하면서 빵에 이용한다. 처음 액종에서 발효종 제작까지는 대략 2주 정도가 소요된다. 천연효모종을 발육시키는 일은 살아 있는 미생물을 다루는 일이기 때문에 매우 세심한 관리가 필요하다. 특히 온도에 매우 민감한 반응을 보이므로 이를 중점적으로 신경써야 한다. 적정 온도를 큰 변화 없이 일정하게 유지해야 안정적인 발육을 하게 된다. 또한 온도별로 생장하는 효모의 성격이 달라지는데, 다소 낮은 온도에서 성장한 효모는 담백하고 깊은 풍미를 나타내고 높은 온도에서 성장한 효모는 산미와 강한 맛을

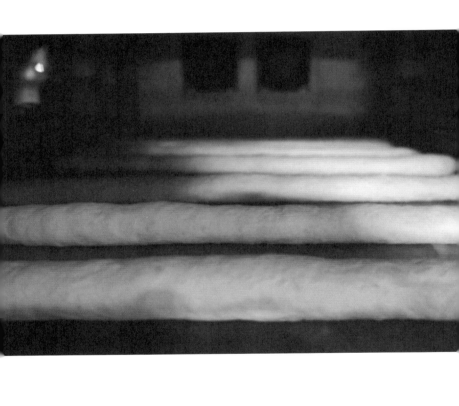

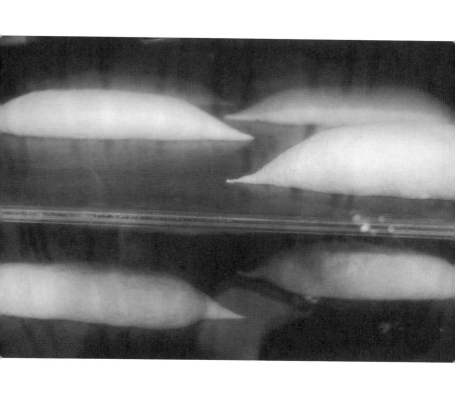

낸다. 이처럼 온도나 주변 상황이 알맞지 않은 경우 정상적으로 발효가 일어나지 않으며 결국 불쾌한 맛과 함께 소화불량을 유발한다.

사실 발효를 유발하는 효모는 우리 주변의 공기, 벽, 나무, 심지어 나의 손에도 일부 존재한다. 이스트를 첨가하지 않은 밀가루에 물만 섞어놓아도 느리지만 발효가 일어난다. 공기 중 효모와 물속에도 일부 존재하는 효모들이 활동하기 때문이다. 이와 같은 효모들을 빵을 만들기 위한 발효과정에 적용하기 위한 쉬운 방법이 인위적으로 발육하거나 집약된 이스트를 구매해 사용하는 것이다. 효모를 포함한 세균류는 번식을 위해 영양분을 필요로 하고 이에 대상이 되는 재료를 분해, 해체하는데 그에 대한 결과물이 빵으로 나타난다. 꽤 흥미로운 일이라고 생각한다. 베이커는 이런 효모의 자연스러운 발육과정을 밀가루의 중요한 변화를 유도하는 데 사용해야 한다. 발효는 결국 맛있게 먹을 수 있는 음식을 만들기 위함이라는 사실을 잊지 말아야 한다.

## 재료에 관한
## 생각

밀

처음에는 밀알을 그대로 먹었을 것이다. 밀알을 먹는 가장 쉬운 방법은 입안에 넣고 씹는 것이다. 그러나 딱딱하고 거칠어 식감이 좋지 않았을 것이다. 갈아서 먹으면 더 편하다는 사실을 자연스레 터득했을 것이다. 가루를 그냥 털어넣고 있자니 목이 막혔을 것이고, 그래서 물을 마셨을 것이다. 자연스레 아, 미리 물에 타 마시면 좋겠구나 생각했을 것이다. 어느 날 추워서 피워놓은 모닥불 옆에 있던 돌 위에 우연히 그 반죽을 올려놓았더니 향긋한 냄새와 함께 보기 좋은 모습으로 구워졌을 것이다. 마침내 입안에서 부드러

운 식감으로 부서지는, 며칠을 두고 먹어도 좋은 세련된 음식이 만들어진 것이다.

이처럼 밀가루가 빵의 재료가 된 것은 무척이나 자연스러운 선택이었을 듯하다. 현대의 밀가루는 우수한 제빵성을 가졌으며 여러 가지 종류로 다양하게 생산된다. 어떤 종류의 밀인지, 어떤 식감을 갖고 있는지에 따라 우리가 이를 손쉽게 구분하고 언제든 취사 선택할 수 있도록 상품화되어 있다.

밀가루를 구별하는 특성 중에 '입도'라는 것이 있다. 쉽게 표현하면 입자가 굵은지, 가는지를 이야기하는 것이다. 입도에 따라 흡수되는 물의 양이 변하고 결국 맛과 식감이 따라 변한다. 같은 종류의 밀이라도 가루의 크기에 따라 제빵성이나 발효에서 차이가 나고, 결국 결과물인 빵의 상태도 달라진다. 입자가 작을수록 반응활성도가 높아져서 글루텐gluten 생성이 좀더 빠르고 강하게 진행된다. 이것이 쫄깃한 식감을 만드는 원인이 된다. 하지만 밀 특유의 풍미는 좀더 굵은 입자에서 훨씬 더 많이 나온다. 물과의 반응성도 좋지 않고 이후 발효에서의 속도 역시 느리지만 잘게 분쇄하지 않았기 때문에 오히려 밀 자체의 특징이 더 잘 보존된 것이다.

일반적인 밀 이외에도 호밀, 보릿가루 등의 곡물가루에서도 비슷한 현상이 나타난다. 밀의 껍질을 포함하여 제분을 한 밀가루를 통밀가루 혹은 전립분이라 하는데, 이렇게 굵은 입자로 제분한 밀가루를 요즘 많은 제빵사들이 사용하고 있다. 밀이나 곡물의 풍미를 강조하면서 좀더 많은 영양소가 들어 있는 빵을 만들기 위해서다. 그래서 직접 원맥(밀알갱이)을 작은 규모지만 가게에서 제분하여 직접 입도를 조절해 빵을 만드는 제빵사도 늘어나고 있다. 좀더 풍미가 좋은 빵을 위해선 입도에 신경써야 한다.

우리가 늘 호흡하는 공기가 중요하다는 사실이 상식 중의 상식으로 받아들여지는 것처럼, 빵 만들기에 있어서도 비슷한 존재가 바로 물이다. 빵 만들기에 있어 필요한 재료들 중 밀가루 다음으로 많은 양을 차지하며, 대략 밀가루 양 대비 40% 이상의 양이 첨가되어야 적당하다. 우선 첨가되는 물의 양과 온도는 반죽의 발효상태, 성형성, 그에 따른 식감과 풍미에 크게 영향을 준다. 빵을 만들 때 물의 역할은 물리적으로 모든 재료를 고르게 분산시키고 분해하여 균일한 분포를 만드는 것이다. 전체적으로 균질한 상태의 반죽을 만들어야 양질의 빵을 만들 수 있다. 분자 단위로 분해된 성분들은 물이라는 매개체를 통해서 화학적으로 재결합한다.

당연한 이야기지만, 빵을 만드는 물은 사람이 마실 수 있는 정도로 오염되지 않은 물이어야 한다. 생수나 수돗물, 깊은 산속의 옹달샘에서 나오는 물, 깊은 바다의 심층수 등 다양하게 사용해볼 수 있다. 가끔 나에게 빵을 만들 때 어떤 물을 쓰는지 질문하는 사람들이 있다. 나는 수돗물을 쓴다고 대답한다. 그러면 보통은 조금 실망스러운 표정으로 좀더 깨끗한 물을 쓰는 것이 좋지 않겠느냐고 반문한다. 맞는 이야기다. 하지만 좀더 중요한 문제는, 빵에 들어가는 물이 빵에 적합한 물이어야 한다는 사실이다. 빵 발효에 필요한 효모균류가 잘 자랄 수 있는 물은 그에 필요한 영양소가 되는 유기물과 무기물이 풍부한 물일수록 좋다. 1년 내내 일정한 성분의 물을 저렴한 비용으로 공급받고자 할 때 가장 알맞은 물이 수돗물이다. 유해한 균류를 억제하기 위해 소독제를 넣기는 하지만, 사람이 마시고 빵을 만드는 데에 전혀 문제가 없는 적합한 물이라고 나는 생각한다. 수돗물을 좀더 알맞게 사용하는 방법은 하루 전 미리 받아놓고 다음날 쓰는 것이다. 혹시나 있을 수 있는 침전물을 가라앉히기 위함이다. 너무 과한 필터를 거친 물은 물 자체의 영양분이 적어 발효상태에서 좀 더딘 반응을 보인다. 실제로 증류수, 생수, 수돗물을 제빵에 적용하여 테스트해보면 수돗물을 사용한 빵들이 평균적으로 좋은 부피감을 보인다. 물은 구하기 쉽지만 그 역할만은 없어서는 절대 안 되는 소중한 재료다.

빵을 만드는 행위를 빵을 '굽는다'라는 표현으로 대신하기도 한다. 빵은 불에 익혀 먹는다는 가장 오래되고 원초적인 식생활

변화에서 시작되었다. 그래서 불은 빵을 구성하는 재료는 아니지만 그 탄생에 중요한 출발점이 되어준 요소라고 볼 수 있다. 인간은 불을 발견하고 이용하게 될 즈음 집단 거주생활을 하게 되었고, 사냥에서 재배로 식량의 공급형태가 변하면서 곡물의 생산량이 증가했다. 그리고 어느 때부터인가, 밀의 줄기에서 낱알을 분리해 잘게 갈아서 물과 함께 반죽을 만들고, 불에 달궈진 돌 위에서 굽게 되었다. 이전의 밀 섭취와는 완전히 다른, 맛있고 충분히 포만감을 주면서 소화도 잘되는 음식이 탄생된 것이다. 아마도 기원전 3000여 년 전으로 추정되는 시기다. 열에 의해서 익히거나 굽는 형태는 맛과 향을 빵 내부에 고스란히 담아 사람의 입으로 가져갈 수 있게 하는 유일한 방법일 것이다. 그러나 적절한 온도와 시간을 굽는 과정에서 유지하지 못한다면 우리는 결국 맛없는 빵과 맛있는 빵, 먹을 수 있는 빵과 먹을 수 없는 빵을 우연에 맡길 수밖에 없다. 그렇기 때문에 불은 매우 신경써서 잘 다뤄야 하는 재료다.

효모

이스트라 불리는 빵효모는 물의 도움을 받아 밀가루의 영양성분을 먹이로 하여 발육한다. 생존을 위해 섭취, 배설하고 증식하여 더 많은 섭취와 배설을 한다. 그 과정에서 발효가 일어난다. 발효과정을 통해 밀가루 등의 재료가 사람이 먹기 적당한 영양상태로 분해된다. 발효를 거치며 생성되는 가스는 빵을 부풀게 하며, 그 공간들이 식감에 영향을 준다. 열에 의해 더욱 팽창된 가스는 최종적으로 빵의 크기를 결정하고, 가스에 포함된 재료 특유의 향인 기분 좋은 빵냄새가 노릇한 표면 밖으로 배출된다. 일부 당 성분은 오븐의 직접적인 열반응에 의해 캐러멜화되어 빵 특유의 밝은 갈색을 낸다.

소금은 가장 적은 양이 들어가는 재료로서 밀가루 양 대비 2% 내외로 사용된다. 하지만 빵 전체의 균형을 잡아주는 중요한 역할을 한다. 물론 맛에도 영향을 미치지만 균일한 발효속도를 유지할 수 있도록 도와 다음 공정에도 크게 관여한다. 소금이 적정 배합량보다 적거나 많이 들어간다면 절대 좋은 빵을 기대하기 어렵다. 가령 적정 배합량보다 적게, 아니면 아예 들어가지 않은 경우 과발효 및 불규칙한 발효성장을 하게 되어 납작한 빵이 되거나 푸석한 내상과 함께 껍질색이 흐릿해진다.

$$\text{소금}$$

요리를 하면서 "간을 맞춘다"라는 표현을 할 때 대표적인 재료가 소금이다. 음식의 주재료에 영향을 주지 않는 적은 양으로도 맛의 균형을 맞추는 데 충분한 역할을 하는 재료이기 때문이다.

빵을 만들 때에도 당연히 소금이 들어가는데, 그 역할이 조금 다르다. 단순히 맛을 내는 것뿐만 아니라 또다른 중요한 기능을 한다. 바로 빵의 형태를 도톰하게 만드는 것이 소금의 또다른 역할이다. 소금은 어떻게 빵의 모양에 관여하게 되었을까?

아주 오랜 옛날에는 소금이 무척이나 귀한 재료였다. 자연상태에서 구하기가 매우 힘들고 그 양도 제한적이었기 때문이다. 암염이 있는 지역이나 일조량이 큰 해안지대 외에는 구하기 어려웠기에, 그만큼 비싼 재료이기도 했다. 그래서 오래전에는 빵에 소금을 넣기가 어려웠고, 그러한 사정이 빵의 형태에도 큰 영향을 주었다.

밀가루와 물, 그리고 약간의 효모만을 구할 수 있었던 때를 지나 소금을 쉽게 구할 수 있는 시대가 되면서 빵의 형태 역시 변화했다. 밀가루와 물은 빵에서 구조물 역할을 하는 글루텐이라는 조직을 형성하는데, 굵게 갈린 밀가루는 엉성한 글루텐을 형성하고 약한 효모는 장시간 발효를 해야 그나마 어느 정도의 가스를 만들 수 있다. 길어진 발효시간으로 인해 산성 성분 또한 많아진다. 이처럼 산성이 높은 환경은 글루텐을 연화시켜 더욱 무른 구조를 만든다. 결국 힘없는 반죽이 만들어지고 발효를 거치면서 더욱 늘어진 형태로 변한다. 그래서 오래된 역사를 가진 빵들은 대부분 그 모양이 납작한 형태, 즉 우리가 플랫 브레드flatbread라고 부르는 형태가 주를 이룬다.

빵맛이 대체로 밋밋했기에 그 시절 사람들은 자연스레 소금을 곁들여 먹었을 것이다. 그리고 곧 반죽에 소금을 넣어 빵을 만들어보면 어떨까 생각했으리라. 결과적으로 맛도 있었지만, 소금을 첨가함으로써 반죽에 탄성이 생기고 구워지면서 적당히 부풀어올랐을 것이다. 소금은 글루텐 조직에서 물을 빼내 조직을 경화시키는데, 이 때문에 반죽이 탄탄해지고 발효과정에서도 그 모양을 유지하며 가스 또한 새어나가지 않는다. 또한 소금은 효모의 발효를 억제하는 작용을 한다. 약한 효모를 사멸시켜 건강한 효모만 남게 만들고, 다른 잡균의 번식을 막는다. 효모의 전체적인 발효 시간을 늦춤으로써 부분적으로 불규칙하게 과발효되는 것을 방지해 전체적으로 균일한 발효가 이뤄지도록 한다. 이에 따라 분해되는 당의 양이 줄어들고 잔류당을 많이 남아 굽는 과정에서 빵의 색깔을 좀더 진하게 만든다. 우리에게 익숙한, 밝은 갈색을 띤 동그란 형태의 빵은 이렇게 탄생했을 것이다.

요즘에는 저염식품에 관심도 높아졌는데, 빵도 소금 없이 만들기도 한다. 물론 소금을 극도로 삼가야 하는 사람들에게는 좋은 일이지만, 일반적인 사람들의 경우 잘 만들어진 빵을 먹고 싶다면 다른 음식에서 소금 섭취량을 줄이고 소금이 제 역할을 한 맛있는 빵을 선택하는 것이 어떨까 싶다. 비록 빵 전체 질량의 2% 내외를 차지하는 재료지만, 빵을 더욱 아름답고 맛있게 만드는 가장 효율적인 선택이 바로 소금이다. 작지만 세상의 균형을 맞추는 것들에 우리는 '소금' 같다 말하기도 한다. 빵에서도 마찬가지인 듯하다.

## 내가 빵을 만드는 방법

　빵이란 결국 밀이나 기타 곡물들을 적정 온도에서 익히거나 굽는 과정을 통해 사람이 먹을 수 있는 음식형태로 완성된 식품이다. 먹을 수 있다는 건 사람의 위에서 소화액에 의해 분해되고 흡수되는 형태로 변해 영양분을 체내로 전달해서 정상적인 신진대사를 이룰 수 있도록 에너지를 만든다는 의미다.

　밀알을 그대로 섭취하면 위의 과정이 원활하게 이루어지지 않기에 이를 분쇄하고 물과 혼합하여 효모를 통한 화학적 변화와 굽는 열적 변화를 거쳐 먹을 수 있는 음식으로 만드는 과정, 그 일을 주도적으로 하는 사람이 베이커다.

　기본적인 재료인 밀가루와 물, 그리고 효모와 약간의 소금을 이용해 적정의 비율을 계량하고 균질한 혼합과정을 거치면 효모의 발육을 통한 분해와 결합, 생성 등의 생물학적 반응이 일어난다. 그후 알맞은 크기와 모양의 성형을 거쳐 안정화 발효를 하고, 오븐의 열기에 의해 전분화와 수분 증발이 일어난다. 적당히 구워진 후에는 경화를 통해 재료의 풍미와 식감을 가진 하나의 빵의 형태를 갖춘다. 이 일련의 과정들에 대한 나의 생각을 이야기해본다.

### 계량

재료가 준비되면 우선 목표로 하는 빵의 특징에 부합할 수 있도록 계량, 즉 정확한 무게를 재료별로 측정하여 통합한다. 만들고자 하는 전체 빵의 개수를 고려하여 재료별 무게를 측정하는 것이 관건이다. 가장 기본적인 단계이자 그만큼 중요한 과정이라고 할 수 있다.

### 믹싱

믹싱의 목적은 준비된 재료를 균일하게 섞는 데 있다. 그 이후 재료 간의 상호작용을 원활하게 하여 전체적으로 균질한 형태의 반죽을 '만드는 데 도움을 준다. 믹싱이 진행되면서 밀가루와 물이 화학적으로 결합하여 '글루텐 단백질'이라는 끈적한 형태의 덩어리가 생성되고, 효모와 소금이 균형 있게 퍼진다. 좀더 빠른 믹싱속도는 공기를 반죽 안으로 들어가게 해 발효에 필요한 호흡을 준비할 수 있도록 돕는다. 재료들이 분산되고 결합되며 믹싱 중에 혼입된 공기와 더불어 안정된 글루텐 단백질 구조가 형성되면, 본격적인 효모의 활동이 시작된다. 믹싱이 끝나고 발효가 시작되는 시점에서 반죽의 온도는 대단히 중요한 지표가 된다. 흔히 바게트를 대표로 하는 하드계열 빵들은 최종 반죽온도가 24~25℃ 사이, 유지나 설탕이 재료로 포함된 소프트계열 빵들은 27~28℃ 부근의 온도가 차후 시작되는 빵의 발효과정에서 특징을 잘 유지할 수 있다. 결국 반복되는 제빵과정에서 반죽의 적정 온도를 유지하는 일은 균질한 빵을 만들기 위한 매우 중요한 요소다.

### 발효

믹싱이 끝난 반죽 안에서는 전분이 효소에 의해 분해되면서 효모균에게 영양분을 제공하며, 효모는 증식과 배설작용을 통해 반죽을 변화시킨다. 당 성분을 효모균이 소화하여 알코올성분과 탄산가스를 배출하고 일부는 빵 표면에 남아 오븐에서 빵의 색을 내는 역할을 한다. 배출된 탄산가스는 빵의 전체적인 부피를 유지시키며 알코올은 특유의 향을 만든다. 또한 산화작용을 통해 반죽의 탄성을 증가시켜 가스가 잘 보존되도록 한다. 각종 재료들을 빵 형태로 만드는 중요한 단계이며, 맛과 함께 소화에 용이하도록 변화시켜 포만감과 영양을 전달할 수 있도록 하는 과정이다.

## 분할과 성형 그리고 팬닝

　발효된 반죽을 적절한 모양과 크기로 만드는 과정이다. 제품의 균질성과 식감, 재료의 풍미를 고려해 그 중량과 모양을 결정한다. 결정된 중량으로 동일하게 분할되어야 하고 분할된 반죽은 벤치타임(휴지기간)을 주어 긴장된 구조를 완화시킨 다음 성형공정을 용이하게 한다. 성형은 전체적으로 균형 있게, 표면의 상처가 나지 않게 모양을 잡아준다. 팬닝은 틀이나 일정 크기의 판에 위치시키는 작업이다. 일정한 힘과 간격을 유지하면서 자리잡도록 신경써야 하는데, 이는 빵의 내상이나 겉모양, 굽는 과정에서의 발색에 영향을 준다.

## 2차 발효

　팬닝된 반죽을 다시 한번 온도와 습도를 맞춰 발효시키는 공정이다. 재료와 빵의 특징에 따라 알맞은 온도와 시간으로 발효하게 되는데, 이는 성형공정에서 압축된 구조를 풀어주고 재차 발효하여 내부가스와 구조를 키우는 과정이며 구울 때 안정된 크기의 빵을 만들기 위함이다. 제품마다 적절한 온도와 습도를 맞춰줘야 하는데, 일반적으로 유지가 포함된 소프트한 빵은 온도 38℃에 습도 85%, 바게트처럼 하드한 빵은 온도 32℃에 습도 75% 정도가 적당한 상태다. 적정 발효상태는 발효된 모양이나 크기가 본래 반죽의 2~3배 정도 되는 형태로 오븐에서의 팽창 정도를 고려한다.

빵의 최종적인 형태를 만들어내는 공정으로, 반죽형태의 재료를 비로소 먹을 수 있는 음식으로 만드는 과정이다. 오븐의 열에 의해 전분을 호화시켜 소화와 흡수를 도우며 일부 수분을 증발시켜 적절한 식감을 갖게 한다. 내부 탄산가스를 열팽창시켜 전체적인 크기를 증가시킨다. 빵 표면의 당 성분이 열반응에 의해 갈색의 껍질을 만들고 알코올화된 성분을 외부로 증발시켜 특유의 빵냄새를 만든다. 결과적으로 내부 생화학 반응이 정지되어 일정 시간 빵의 상태가 보존될 수 있다. 오븐에서 구워져 나온 빵은 굽기 전보다 중량이 감소되는데, 이유는 증발된 수분과 방출된 가스의 손실량 때문이다. 적정한 공정에서 생산된 제품이라면, 빵의 종류별로 그 무게 차를 측정하여 최종적인 상태까지 확인할 수 있는 중요한 수치이기도 하다. 예를 들어 구워져 나온 빵이 평상시보다 무겁다면 손실된 가스와 수분 증발량이 적다는 의미이며, 이를 통해 그전 단계인 발효과정에서의 부족함을 추측해볼 수 있다.

냉각

갓 구워져 나온 빵의 온기와 냄새는 바로 먹어야 맛있을 것만 같은 느낌을 준다. 하지만 그 온기에 가려 정작 빵 자체의 풍미를 온전히 얻기가 힘들다. 구운 빵을 식히는 과정은 그 빵을 구성하는 재료의 맛을 농축시키는 역할을 한다. 대략 오븐 안에서 빵 내부 온도는 90℃ 이상이지만 꺼낸 후 냉각시켜 적절한 풍미를 맛볼 수 있는 내부 온도는 약 25~30℃ 정도다. 이를 위해서는 크기에 따라 다르겠지만 약 1~2시간 정도의 냉각시간이 필요하다. 충분한 냉각이 이뤄져 적정상태에서 맛볼 수 있다면 가장 좋은 빵의 풍미를 느낄 수 있다. 그 시간이 지나 건조되기 시작하면 포장하여 빵 내부의 수분을 유지하는 것이 현명하다.

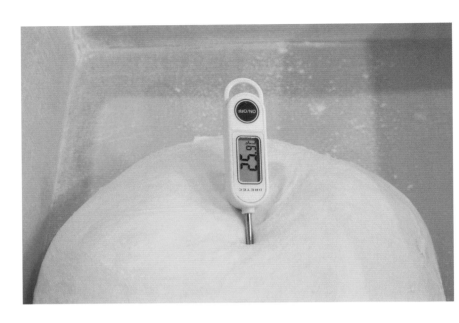

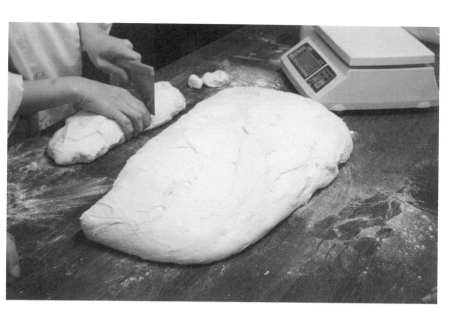

빵과 함께하는
내일

**일본의 평범한
동네 빵집**

　2년 전 어느 세미나에서 만났던 일본인 제빵사로부터 오사카에 올 일이 있으면 본인의 가게에 들러달라는 전갈을 받았다. 마침 친분 있는 국내 제빵사 한 분과 일정이 맞아 함께 오사카 구경도 할 겸 그 일본인의 빵집에 가보기로 했다. 사실 견학이라는 평계로 일본의 다른 장소에서도 쉬면서 며칠 천천히 지내다오고 싶었다. 비록 낯설지만 아는 사람도 없고 간섭받지도 않을 곳에서 특별할 일 없는, 그런 시간을 갖고 싶었다.

　우선 오사카에 가서 그 일본인 제빵사의 빵집을 찾아가보기로 하고 시내에서 약 한 시간 반 정도 전철로 이동해 변두리 주택가에 도착했다. 친절하게 전철역까지 마중나온 그를 따라 그의 집으

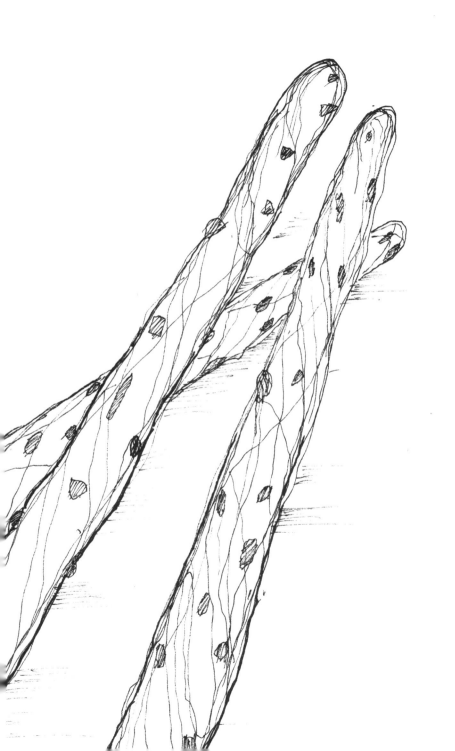

로 갔다. 그는 우리가 자신의 집에서 묵을 수 있도록 배려해주었다. 새벽 2시, 그는 곤히 자는 우리를 깨우면서 커피 한 잔 마시고 자신의 빵가게로 가자고 '평온하게' 이야기한다. 주섬주섬 잠이 덜 깬 상태로 그의 집을 나섰다. 가게는 그리 멀지 않아 금방 도착했는데, 놀랍게도 이미 안에서 작업이 이루어지고 있었다. 장모님과 유일한 제빵사 직원 한 명이 그 새벽부터 빵작업을 하고 있었던 것이다. 잠시 후 그의 아내도 따라들어와 함께 일했다. 그렇게 이른 시간부터 빵을 준비하는 이유는 일찍 출근하는 마을 사람들을 위해서다. 그 마을의 유일한 빵집인 이곳은 오전 6시에 문을 연다.

가게 문을 열자마자 마을 사람들이 바삐 들어찼다. 근처 공장 근로자부터 한 시간 이상을 들여 오사카 시내로 출근해야 하는 회사원, 아침식사 준비를 위해 빵을 사러 온 주부, 언뜻 봐도 나이가 꽤 들어 보이는 노부부…… 모두가 반가운 인사와 함께 빵집 안으로 들어왔다.

이 마을은 특별한 관광지도 아니기 때문에 외부에서 오는 손님은 거의 없어서, 오직 마을 사람들만을 위한 빵집이다. 그렇게 마을 사람들을 위해 새벽 2시부터 준비해서 6시에 맞춰 빵을 만들고 있었다. 보통 12시 정도가 되면 준비된 빵의 판매가 거의 끝나 가게 문을 닫는다. 그 이후로는 빵을 사러 오는 손님이 한 명도 없었다. 마을 사람들이 먹는 만큼만 빵을 만들어 파는 빵집.

얼추 계산을 해봐도 그리 많은 매출은 아니었는데, 그 빵집에서는 그렇게 한다. 문을 닫고 나서도 쉴 틈이 없다. 다음날 만들 빵의 재료를 준비하고 발효종작업까지 마치고 나서야 오후 4시경 퇴근한다. 학교에서 공부를 마치고 온 그의 자녀들이 오후작업을 함께 돕고, 그렇게 온 가족이 함께 집으로 돌아간다. 나는 주인장에게 "가족이 모두 함께하는 빵집이라니 정말 보기 좋습니다"라고 부러운 투로 말했었다. 그랬더니 그분은 조금 어두워진 표정으로 "가족들 고생시키는 참 나쁜 가장"이라고 대답했다. 멋쩍은 미소로 머리를 긁적거리는 나에게 그분은 꽤 진지한 투로 말을 이었다.

1년 전까지만 해도 오후에 잠시 제빵학원 강사로 일을 했었는데, 지금은 그 제빵학원이 없어졌다고 했다. 수강생들이 줄어 어쩔 수 없이 문들 닫았다는 것이다. 일본은 경기가 바닥을 찍고 조금씩 나아지는 상황에서 출산율 저하로 인해 노동인구가 감소하다보니, 높은 임금이 직업 선택의 편중을 부추겨 몸을 쓰는 힘든 직업을 선택하는 사람이 적다고 한다. 그 빵집의 주인장은 어쩔 수 없이 가족이 함께 거들어야만 운영이 가능한 현실에 대해 무겁게 이야기했다. 직원을 구한다고 해도 높아진 임금을 감당할 수 있는 매출을 기대하기 어려운 상황인데, 한국도 수년 내에 일본과 비슷한 일들이 일어나지 않겠느냐며 걱정스러운 눈길로 나를 바라보았다. 생각해보니 그럴 수도 있겠다 싶었다. 내가 조금

수심 어린 표정을 짓자, 그는 이내 "그래서 말인데 점점 빵을 배우려는 사람들이 줄어들면 우리처럼 빵을 만드는 사람들이 희귀해질 거고, 어느 정도 빵 소비가 유지된다면 오히려 그때 남아 있는 빵집들은 장사가 잘될 것 같다"라며 다소 엉뚱하게 나를 위로했다. "100년 후에도 빵을 사먹는 사람들은 있을 거야." 그는 나를 위한 배려인지 자신의 일에 대한 독려인지 이렇게 이야기하며 큰 소리로 웃는다.

그 일본인 제빵사는 마을 사람들이 자신의 빵을 소비해주고 많지 않은 매출일지언정 온전히 가족과 생활할 수 있음에 매우 감사해했다. 비록 사흘 동안이었지만 새벽부터 온전히 하루를 같이하면서 서로에게 고마워하는 마을 사람들과 빵집 사람들을 직접보고 있자니, 빵을 만드는 사람의 궁극적인 행복이 무엇인지 알것 같았다. 그 제빵사가 단지 빵집 안에서만 머무는 게 아니라, 사람들과의 믿음과 신뢰를 위해 작지만 좋은 순환의 과정을 함께하고 있음을 느낄 수 있었다.

한국으로 돌아오는 길. 그가 내 손에 쥐어준 작고 오래된 빵 성형틀은 오래오래 나의 빵집에 머물 듯하다.

## 빵 속에 숨은
## 사람들

행신동 첫 가게에 밀가루 등 빵을 만드는 재료를 공급해주던 분은 내가 압구정 빵가게에서 직원으로 근무할 때 처음 만난 사이다. 그때의 인연으로 첫 가게를 오픈했을 때부터 재료를 부탁했고 그는 늘 좋은 재료를 선별하여 안정적으로 공급해주었다. 판매 부진으로 재료 대금을 제때 납입하지 못할 때 "조금 늦게 줘도 되니 열심히 빵 만들어보라" 하고 격려를 아끼지 않았다. 이태원으로 옮겨서도 늘 질 좋은 재료를 공급해주었고, 재료비 동향에 맞춰 미리 재고를 확보해두었다가 저렴한 가격에 맞춰주기도 했다. 새로운 재료가 나오면 테스트용으로 따로 챙겨주시기도 했다. 10여 년 넘는 시간 동안 그분은 꾸준히 나의 가게가 자리잡아가는 시간을 옆에서 진심으로 걱정해주고 힘을 실어주었다.

첫 가게 포장지를 주문하러 들렀던 방산시장 한 모퉁이 포장재료가게 사장님. 처음 문을 여는 나에게 포장지 주문 요령을 가르쳐주고 합리적인 가격으로 용도에 맞는 포장지를 선택할 수 있도록 도와주었다. 지금도 찾아갈 때마다 늘 반갑게 맞아주신다. 가끔 들러 주문을 할 때면 다른 빵가게의 주문량을 알려주며 업계 동향을 파악할 수 있는 팁을 알려주곤 한다. 그래서 여전히 그분의 가게에서 오월의 종 로고가 인쇄된 포장지를 받아 사용하고 있다.

계란을 공급해주는 두 분의 사장님을 기억한다. 한 분은 첫 가게인 행신동에서 계란을 공급해주던 내 나이 또래의 젊은 분인데, 배달이 없는 날에는 멋진 할리 데이비슨 오토바이를 타는 자유로운 영혼의 소유자다. 늘 손을 흔들며 가게 앞을 지나던 그의 모습이 선하다. 결혼식에 나를 초청해주어서 뜻깊은 추억을 갖게 해주었다.

또 한 분의 계란 사장님은 현재 이태원에서 거래하는 분인데, 계란 파동이 났을 때 나의 가게부터 우선적으로 챙겨주고 늘 신선한 계란을 확보해줘서 가끔 집에 가져가서 먹곤 할 정도였다. 이태원 첫 가게를 오픈할 때부터 지금까지 늘 한결같은, 마음씨 좋은 나의 동업자다.

빵가게니까 당연히 오븐을 비롯한 여러 재빵용 기계와 기구들

이 필요한데, 내 가게의 모든 설비는 오직 한 사람에 의해 준비되었다. 그 또한 내가 다른 가게에 직원으로 있을 때부터 알고 지내던 설비업체 사장인데, 행신동 첫 가게부터 이태원으로 이전할 때까지 모든 기계설비를 준비해주었다. 나보다는 나이가 적지만 기계설비에는 베테랑이고, 늘 곁에 있어 든든한 친구 같은 사람이다. 새벽이나 늦은 밤에도 기계에 문제가 있으면 슬리퍼를 신고 급히 달려와주는 사려 깊은 친구이자 내 가게의 역사를 알고 있는 몇 안 되는 사람이기도 하다.

가족, 친구, 손님 등 무수한 사람들 사이에서 때로는 공감하고 공통의 목적을 통한 교류를 하면서, 혹은 흩어지거나 다시 만나기도 하면서 빵을 만들어왔다. 대부분의 사람들은 남들이 사는 대로 따라가야 해서, 남들처럼 움직이고 생각해야 서로 소통하고 존재를 인정받을 것 같아서 비슷한 방식으로 세상을 살아간다. 하지만 문득, 그런 것들 속에서 이탈해 자신의 의지로 선택하고 싶은 열망에 싸이기도 할 것이다.

나는 빵 만들기를 선택했고 내 앞에 놓여 있는 빵 너머로 새로운 사람들의 모습을 볼 수가 있었다. 많은 사람들의 도움이 없었다면 이 모든 게 불가능했을 일이다. 귀한 사람들을 만나고 또한 알아보는 일. 살면서 꼭 겪어야 할 중요한 과정이 아닌가 싶다.

## 친구 같은
## 손님들

　나와 사람들 사이엔 빵이 있다. 빵을 만들고 판매 테이블 위에 가지런히 진열하고 나면 건너편 입구에서 사람들이 하나둘 들어오기 시작한다. 그리고 대화가 시작된다. "제일 잘 팔리는 빵이 뭐예요?" 나는 "그날그날 다 달라요. 혹시 좋아하시는 빵이 있으세요?" 그렇게 도리어 질문으로 답한다. 내가 선택을 해주면 그걸 그대로 사는 사람은 드물다. 보통 빵을 사러 오는 사람들은 이미 본인이 선호하는 빵을 염두에 두고 온다.

　늘 정기적으로 오시는 연세 지긋한 분이 계시다. "이 집 빵은 도대체 맛을 모르겠어." 늘 들어오자마자 하시는 푸념이다. 그러고는 한 봉투 사가신다. 또 그렇게 자주 오신다. "입맛에 안 맞으시면 다른 빵집 빵도 좀 들어보시죠." 하루는 그리 권하여 말씀드렸다. "맛없는 게 일정해. 그래서 이제는 익숙해졌어. 다른 집 빵은 못 먹어." 이렇게 말하며 처음으로 웃음을 보이신다. 참 당황스럽고 어리둥절한 의미의 말씀이었지만, 무언가 인정받은 느낌이 드는 것과 익숙해졌다는 말에서 내가 앞으로 오래오래 이 일을 할 수 있을 것만 같은 좋은 기분이 들었다. 물론 빵 사러 오는 사람들로부터 맛없다, 가게가 지저분하다, 서비스가 꽝이다, 불친절하다 등의 항의를 들을 때도 많다. 하지만 빵을 사이에 두고 만드는 사람과 사는 사람들이 대화하는 모습은 온전히 내 빵가게의 풍경이고 소리이며 내가 사랑하는 모습이다.

이태원으로 자리를 옮기고 애쓰던 초창기 시절에, 비 내리는 어느 날 나를 찾아온 사람이 있다. 대기업 기획실에 근무하면서 빵을 좋아해 그 이야기를 블로그에 올리던 분인데, 진솔한 빵 이야기 덕분인지 '파워'라는 수식어를 달고 있었다. 그 사람은 자주 가게에 방문해서 나의 빵에 관한 이야기를 오랜 시간 들어주다 가곤 했다. 그런 이야기가 인터넷에 올라가자 차츰 다른 방문기가 따라 올라오는 현상이 벌어졌다. 그는 그렇게 내 빵 이야기에 귀기울이고, 다른 지역의 빵에 관한 이야기, 해외에서 방문했던 빵집 이야기를 나에게 들려주었다. 오랜 시간 동안 변함없이 나를 찾아주었고, 그 인연은 지금까지도 이어지고 있다. 그분을 통해 멋진 빵을 만드는 많은 분들을 만나볼 수 있었고, 빵을 만드는 마음에

관해 많은 도움을 얻을 수 있었다.

이태원 가게 건너편에는 광고회사가 있다. 오래전부터 여기에 자리잡은, 규모가 큰 회사다. 가게를 오픈하고 그 광고회사분들이 오시는데, 그분들 중에 유독 기다려지는 사람이 하나 있다. 첫 오픈부터 빵을 사러 오던 분이고, 지금도 한 봉지의 빵을 사며 반갑게 인사하는 분이다. 여수의 푸른 바닷가 앞이 고향이라는 걸 내가 알고 있을 정도로 많은 이야기를 나눈 사람이다. 회사 업무차 해외출장을 다녀올 때면 멋진 그림과 빵 관련 소품, 책을 들고 와 건네는 그 사람은 늘 한결같이 밝은 미소로 인사를 한다. 변함없다는 말은 이런 사람을 두고 하는 말 같다. 본인의 꿈을 스스럼없이 말하고, 나의 꿈도 성원해주는 사람이다.

언젠가 빵과 제과에 관한 작은 행사가 인사동에서 있었다. 혼자 빵을 가지고 나가 전시하고 판매하려 할 때쯤 누군가 갑자기 나에게 다가왔다. 빵을 파는 일을 도와주겠다는 것이다. 그날 그와 나는 함께 빵을 팔았고 덕택에 무사히 행사를 마칠 수 있었다. 얼마 후 그는 나에게 형님이라 했고 나는 그를 동생이라 불렀다. 빵의 섬세한 특징들과 유행을 정확하게 파악하는 친구여서 나는 늘 이런저런 질문을 하곤 했고, 그는 즉각 답을 해주었다. 나의 가게에 오는 많은 손님들 중 그의 입을 통해 처음 온 사람들이 상당하다. 그는 왜 일면식도 없는 나를 아무 거리낌 없이 도와주었을까? 나는 빵을 만들었을 뿐인데, 단순히 돈을 내고 빵을 구매하

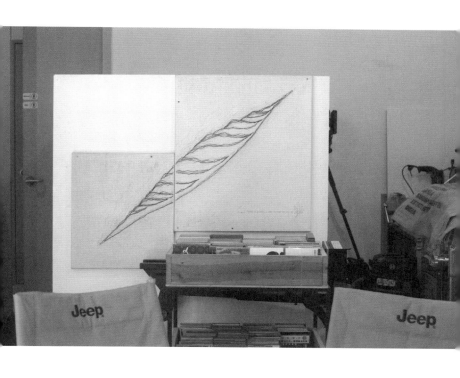

는 것을 넘어 더 큰 인연으로 남는 손님들이 있다. 아니, 손님이라는 말로는 부족하다. 나는 그들을 친구라고 생각한다.

　연말이 되면 멋진 카드를 보내주시는 건축사무실 대표님, 처음 문 열었던 고양시 행신동에서 이태원까지 먼 길을 오가며 빵을 사가는 슈퍼 사장님, 늘 문 열기 전 조금 일찍 와서 미안하다 말하며 멋진 미소를 짓는 박스테이프 공장 사장님 내외분, 빵가게 문에 손이 끼여 병원까지 갔었지만 또 그 문을 열고 환하게 웃으며 들어오던 무한리필 스테이크식당 사장님, 빵집 안에서 패션쇼를 열었던 뒷집 패션회사 사람들, 매일 야쿠르트를 배달해주며 빵을 사가는 카트 드라이버 아주머니, 바게트에 절대 칼 대지 말라고 신신당부하는 프랑스 청년, 멋진 손그림으로 오월의 종을 그려준 홍대 앞 미술학원 원장님. 모두 손님으로서 문을 열고 들어와 친구의 눈길과 따뜻한 말로 나의 어깨를 감싸준 사람들이다. 나는 그들에게 말한다. "나는 늘 이곳에 있을 테니, 언제든지 오세요. 오래오래 그럴 겁니다."

# Achso!

지금은 한남동을 떠나 압구정동으로 이사하신, 내가 이태원에 가게를 내기 이전에 그 근처에서 이미 빵을 만들고 계셨던 분이 있다. '악소'라는 간판을 단 작은 가게였는데, 독일 빵과 샌드위치가 주 메뉴였다. 첫 가게인 고양시 행신동 가게를 정리하고 급하게 이태원으로 옮기느라 주변 한번 제대로 둘러보지 못하고 이전을 했던 터였다. 간단하게 가게를 손보고 장비를 이전하고 모자란 돈을 빌리고 포장지를 맞추러 방산시장 골목을 헤매는 바쁜 시간을 지나 오픈하고 빵 만들기에 집중할 때 즈음, 지인으로부터 그 작은 빵집에 같이 가보자는 제안을 받았다. 나보다 이곳에 먼저 자리잡고 계신 분이니 지역 특성에 관한 조언을 들을 수 있을 것이

라는 의견에 동의했지만, 혹 멀지 않은 곳에 새로 생긴 빵집에 대해 불편해할 수도 있다는 생각이 들어 조금 걱정이 되었다.

나의 가게보다 더 작은 빵집 앞에 서서 'Achso!'라는 독일어 간판을 보고 있자니 일반적인 빵집과는 사뭇 다른 느낌을 받았다. 문을 열고 안으로 들어가 지인과 인사하는 동안 둘러본 매장은 예약된 빵을 담은 종이봉투들과 많지 않은 양의 작은 빵들뿐이었다. 다소 긴장한 표정으로 그곳의 사장님과 첫 대면을 하면서 많이 놀랐다. 생각보다 연배가 있는 분이었고, 뒤쪽 주방에서 나오시는 걸음걸이에 더욱 그랬다. 한쪽 다리가 불편한 장애를 가지고 있었지만, 늘 직원 없이 혼자서 빵을 만들었다고 한다. 그분은 얼굴에 밝은 미소를 가득히 담고 처음 보는 나에게 손을 내밀었다. 오월의 종이 근처에 생겼음을 이미 알고 있었고, 당신이 나의 가게에 앞서 방문인사를 하지 못했음을 미안해했다. 그분은 독일에서 건축 공부를 하고 한국으로 돌아와 빵을 만들게 된 이야기를 내게 들려주었고, 같이 빵을 만드는 사람으로서의 어려움을 공유하며 항상 건강해야 한다는 독려도 잊지 않으셨다. 그는 거친 손과 깊은 주름, 그리고 밝은 미소로 나에게 멋있는 빵을 만드는 사람으로 각인되었고, 내가 아직 가지지 못한 무언가를 가지고 있는 사람처럼 보였다. 그런 놀라움으로 만난 그분은 지금도 늘 나를 변치 않는 미소로 반겨주신다. 부러 자주 찾아가진 않는다. 아껴서 보고 싶은 분이기에 더욱 그렇다. 매년 겨울이 시작될 즈음 나는 첫번째 슈톨렌을 가지고 그분에게 간다. 그리고 지난 1년을 이야기하면서 앞으로 다가올 시간에 대해 빵과, 사람과, 삶에 관한 대화를 한다. 무엇을 해야 하고 어떤 것을 하지 말아야 한다는 말은 하지 않는다. 자연스러움과 자유로움에 관해 이야기한다. 그분과의 대화는 늘, 오래오래 행복하다.

## 함께 빵 만드는
## 동생들



나는 가게에서 나와 함께 빵을 만들고 있는 사람들을 직원이라 표현하지는 않는다. 나와 같은 일을 하고 같은 시간 동안 같은 공간에 머물기에 친구로 생각한다. 나의 가게 친구들이 나를 부르는 호칭은 '형님'이다. 내가 그렇게 호명해주기를 요구했고 그들도 큰 어려움 없이 그렇게 부른다. 다른 가게에서 직원으로 빵을 만들 때에도, 나의 가게 안에서 일할 때에도 같은 일을 하는 이들과 함께했기에 좀 나이 많은 형님 정도의 관계로 지내길 원하기 때문이다. 사장과 직원이라는, 월급을 주고받는 흔한 관계보다는 그들의 빵에 관한 열정을 알기에 동생 챙겨주듯 알려주고 싶고 나도 좀 더 가까이에서 그들의 이야기를 듣고 싶었다. 언제든지 빵에 관해

질문을 하고 답을 할 수 있는 사이가 된다면 더없이 좋겠다.

입사하고 3개월 정도 지나면 '사업계획서'라는 숙제를 이 친구들에게 준다. 대부분 빵을 시작하는 친구들의 짧거나 긴 여정의 끝은 자신만의 가게를 차리는 것이다. 종이 몇 장의 기록이지만, 구체적인 준비사항과 원하는 형태의 빵가게를 위한 자신만의 생각을 적어보라는 취지다. 나도 그랬고, 그들도 그랬으면 좋겠다. 꼭 세상에서 스스로를 위한 빵 만드는 공간을 가지기를, 언젠가 그들이 자신만의 빵을 꼭 만들기를 나는 소망한다.

하루는 가게 막내가 나에게 "형님, 빵 색깔이 잘 안 나와요" 하고 질문과 같은 호소를 하면 "야 인마, 발효가 부족하잖아" 하고 답을 한다. 가끔 이런 대화를 엿들은 손님께서 무슨 조직 같은 호칭에 사뭇 놀라기도 한다. 진심으로 빵에 관한 거라면 무엇이든 알려주고 싶은 나의 가게, 빵 만드는 친구들이다. 나와 함께 모두의 명함에는 똑같은 직함이 있다. "BAKER"다. 같은 꿈을 갖는 사람들과 함께 있다는 건 나에게 커다란 영광이자, 든든한 친구를 얻었다는 뜻이다. 10여 년 넘는 세월 동안 벌써 일곱 명 정도가 함께 일하다가 본인들만의 가게를 만들었다. 자주 보고 이야기를 하지는 못하지만 늘 "형님, 저예요" 하고 전화가 오면 반갑고 뭉클하다.

## 변해야 할 것과
## 변하지 말아야 할 것


스스로 뭔가 불편하고 부자연스럽고 편안한 마음이 생기지 않는다는 건 변화가 필요한 상황이라는 징조다. 무엇인가 더하고 보충하고 수정해야 할 시기라면 그에 상응하는 부족한 부분, 의지대로 잘 안 되는 부분을 찾아내고 정확히 그 이유를 알아내야 한다. 지금까지는 별로 불편하지 않던 평범한 삶이 시간이 지날수록 이게 아닌 것 같다는 불안감으로 번지는 때가 있다. 나의 경우 의무적인 학창 시절을 벗어나 사회라는 관계망 속에서 머물게 되면서 그 불안감이 점점 커졌다.

타인들은 나를 보며 "잘하고 있네"라는 말을 건넸다. 나 역시 그런 줄 알고 평온해했으나 어느 날 그들이 내게 던진 "그러면 안

돼"라는 말에 조금씩 흔들리고 있었다. 남들의 평가에 따라 나는 올라가고 주저앉았다. 그들의 좋은 평가를 위해 밤낮으로 애썼다. 마주한 거울 속에서 내 모습이 아닌 타인을 위해 만들어진 이상한 얼굴의 모습을 보게 된 것이다.

나의 생각과 의지를 담아낼 수 있는 하나의 기준을 찾기까지는 많은 변화가 필요하며 적극적으로 행동해야 한다. 타인과의 관계 속에서 흔들리지 않도록 스스로를 지켜나가는 행위는 지속적이어야 하며 결코 멈춰서는 안 된다. 보충하고 수정하는 의도된 변화 속에서 나라는 존재는 변하지 말아야 할 기준이 된다. 모든 변화는 나 자신을 위한 것이어야 한다. 변화하는 과정도 변화된 후의 모습도 타인이 아닌 나의 의지 안에서 이루어져야 한다. 스스로를 소중히 하며 상처입지 않게 보호해야 한다. 때로는 다독일 줄도 알아야 한다. 결국 그것이 주변 사람들에게 좋은 영향으로 전달될 것이다.

가끔 언론사나 매거진과의 인터뷰에서 늘 빠지지 않는 질문이 있다. 앞으로의 계획이나 지향하는 목표에 관한 것이다. 나는 빵을 만들고 가게를 운영하는 일을 직업적인 향상보다는 보편타당한 생활의 일부로서 받아들였다. 보통은 회사일과 여가시간이 따로 있다면, 나는 일과 여가가 함께 섞여 있고 그것을 자연스럽게 영위해나간다고 생각한다.

스스로를 빵에 대한 심오한 철학이나 체계적인 지식에 관한 전

문가가 아닌 생활인으로서 받아들인다. 매일 아침 빵을 만들고 오후에는 내일의 빵을 만들기를 위한 효모종 종계를 하고 어두운 밤 가게를 나서면 순댓국에 소주를 한잔하는 삶이 좋다. 아들과 딸이 좋아하는 치킨과 과자를 사고 집에 들어가 아내의 잔소리를 웃음으로 받아넘기는 그 하루가 행복하다. 10년 후에도 오늘처럼 행복한, 지금처럼 그대로인 하루였으면 좋겠다. 그 하루가 내가 꿈꾸는 계획이며 목표일 것이다. 같은 일을 매일 반복하는 것이 혹 지겹지 않느냐는 질문에도 똑같은 대답을 한다.

돈이 많으면 좋겠다. 순댓국과 소주를 사먹고 담배도 한 갑 살 돈이 있었으면 좋겠다. 딸이 좋아하는 빼빼로도 사고 아들의 게임 프로그램 사는 데도 보태주고 아내의 보물인 세탁기도 비싼 것으로 사주고 싶다. 그 돈을 꼭, 나는 빵을 만들어 팔아서 벌고 싶다.

## 큰 빵집과
## 작은 빵집

　몇 해 전 어느 언론사의 기자가 이런 질문을 던졌다. "기업 프랜차이즈 빵집들 때문에 동네 골목 작은 개인 빵집들은 경영상 어려움이 많은데, 개인 빵집을 하는 분으로서의 의견을 듣고 싶다." 사실 나는 답하기에 앞서 그 질문의 의도를 먼저 생각했다. 그때쯤 사회적 이슈가 골목상권의 붕괴였고, 주요 원인으로 대기업의 골목상권 진출을 이유로 들던 분위기였기에 그런 이야기의 한 갈래로 언론에서 빵집 문제도 많이 다루고 있었다. 실제로 동네마다 한두 개씩 있던 작은 빵집들은 대기업에서 만든 체인점들과 경쟁하면서 매출에 많은 타격을 입은 상황이었다. 결국 별다른 특색 없이 생계를 위한 작은 공간일 뿐이었던 동네 빵집들이 여기저기

생기는 대기업의 체인점들과의 경쟁에서 보호받지 못하고 폐업하는 현상을 대자본에 잠식된 서민들의 고통으로 표현하고 있었던 것이다.

나는 이야기했다. 나도 늘 부족해서 '빵은 맛있어야 한다'는 사실을 매일 작업을 통해 성취하고자 하지만 참 어렵다. 빵이 팔리고 안 팔리는 것은 맛에 의해 좌우된다고 믿는다. 물론 가격과 서비스의 질적 차이도 있겠지만 결국 그 맛이 다시 그 빵을 구매하게 되는 가장 큰 이유라고 말이다.

우리는 정당한 이유와 절차라면 이익과 수익을 창출하는 일을 누구나 자유롭게 선택하고 실행할 수 있는 자본주의 경제체제 안에서 살고 있다. 남들이 나의 것과 비슷한 것을 만든다고 비판할 수는 없다. 때론 그 경쟁이 좀더 나은 결과물을 만들 수 있는 출발이 되고, 그 결과물을 통해 소비자가 선택할 수 있는 폭 또한 증대될 것이다. 이는 좀더 나은 여건의 생산과 소비의 선순환을 가지고 오리라 생각한다.

나는 파리바게트와 같은 프랜차이즈가 더 많아지면 좋겠다. 체인화된 빵집들은 깨끗한 주방, 전국 어디에서 먹어도 균일한 품질의 빵맛, 환한 매장과 잘 포장된 제품들, 저렴한 가격 등 빵을 사 먹는 사람들에게 빵에 관한 한 가지 기준을 제시해준다. 프랜차이즈보다 맛있는 빵집과 맛이 없는 빵집으로 말이다.

30여 년간 개인 빵집을 운영하던 사람이 파리바게트로 가게

를 바꾸었다. 왜일까? 10년 넘게 동네 터줏대감처럼 자리를 지키던 빵집이 건너편에 프랜차이즈 빵집이 들어서면서 문을 닫는다. 무엇이 문제였을까? 나 또한 첫번째 가게 근처에 생긴 프랜차이즈 빵집들 사이에서 문을 닫아야 했던 기억이 있다. 새로 생긴 깨끗한 빵집의 다양하고 맛있는 빵들을 오래전부터 사먹던 빵집 사장과의 안면 때문에 사지 못할 이유는 없다. 사회는 진화한다. 바뀌는 것이다. 소비라는 가치에 중심을 두고 움직이는 생산은 결국 소비의 형태와 성질에 따라 변해야 한다. 선택받지 못한 이유를 감정적인 비난과 남의 탓으로 전가한다면 상황은 더욱 나빠질 뿐이다.

시대의 패러다임은 늘 변한다. 하지만 앞으로의 변화는 이전까지와는 비교가 안 되게 빠르고 획기적으로 변할 것이라는 생각이 든다. 지금까지는 빵가게라면 당연히 이른 새벽부터 작업을 시작하는 게 상식이었지만, 산업구조의 변화로 인해 앞으로는 그 광경을 보기 힘들어질지도 모르겠다. 노동자의 삶의 질을 높이려는 노력과 동시에 생산성 증대를 위한 제빵시설의 공장화는 결국 피할 수 없는 현실로 당도했다. 단순히 제빵산업뿐만이 아니라 사회 전반적으로도, 당연했던 것들이 앞으로 그러지 않을 수도 있다는 이야기가 곳곳에서 들린다. 가게의 문을 열고 들어와 제품을 구입하던 것에서 모니터나 휴대폰을 통해 편히 구입하는 것으로 소비의 형태가 바뀌고 있다. 왜 그럴까? 우선 몇 년 전 메르스 사태와 최근의 미세먼지 문제처럼 환경 오염에 따라 사람들의 외출 자체가 직접적으로 감소했다는 사실을 생각해볼 수 있겠다. 또한 좀 더 비용을 지불하더라도 무언가를 구입하기 위해 시간과 그에 따른 노동력, 그리고 교통비를 소비하기보다는 터치 한번으로 문앞까지 배달되는 편리함이 소비자들에게 매력적으로 느껴졌을 것이다. 신선식품에 대한 전문화된 배송체계가 빵 같은 제품들의 온라인 거래를 활성화시킨 큰 요인이기도 하다.

제빵산업도 변하고 있다. 우선 고용임금의 상승과 함께 기타 재료 및 임대비용의 상승에 따라 점점 대형에서 중형으로, 중형에서 소형으로 점포의 형태가 작아지고 있다. 이에 따라 좀더 전문화된 형태로 세분화된 빵집들이 생겨나기도 한다. 반면 자본이 비교적 풍부한 일부 빵집들은 온라인 거래에 대응하여 시설을 키우거나, 복합공간으로 진화하기 위해 매장의 크기를 넓히거나, 제조공장의 형태로 변모하기도 한다. 결국 중간 크기의 제과점이나 빵집은 감소하고 커다란 공장의 형태와 골목 안 작은 가게로의 양극화가 이루어지는 추세다. 작은 동네 빵집에서 빵을 만드는 사람의 입장에서 주변 상황을 살펴보면, 많은 것들이 급속도로 변하고 있는데 정작 나는 어찌해야 하나 하는 고민이 늘어갈 수밖에 없다. 빵 만드는 일이 직업으로서 기본적인 생계비용을 벌 수 있는 일인지, 그것이 현재 가능하다면 앞으로도 지속 가능한지 생각해보면 두 가지 측면 모두에서 그리 희망적이지는 않은 것이다.

골목 모퉁이의 작은 빵집은 그런 시스템으로 만들어진 빵을 두려워하거나 체념하지 않아야 하며 어설프게 따라하지도 말아야한다. 만들면 팔린다고 생각하지 말고, 개성 있고 독특한 빵을 만드는 데 집중해야 한다. 그렇게 큰 빵집과의 차이를 만들어내야하는 것이다. 나 역시 가게 문을 열고 거리를 바라보면서 "어떻게든 되겠지" 하며 약간의 미소를 짓곤 한다. 개인적으로는 처음 가게를 열었을 때보다 지금의 상황이 훨씬 낫다. 빵을 만들며 생활하고 있고, 여전히 빵 만드는 일이 좋고, 거기에서 행복을 느낀다. 내가 만났던 일본 빵집 주인장의 말처럼, 100년 후에도 빵을 원하는 사람들이 가게를 찾아오리라는 것을 나는 믿는다.

결국 빵을 맛있게 만들어야 한다는 사실은 변하지 않는다. 다양한 재료와 창의적인 공정을 개발하며 지속적으로 발전해야 한다. 큰 빵집과 작은 빵집은 서로 다른 역할을 맡고 있다. 각자의 위치에서 상생할 수 있도록 부단히 노력해야 한다.

## "오늘"

다시 비 오는 저녁, 아무도 없는 가게 안에서 창을 반쯤 열어두고 의자에 앉아 비 오는 소리를 듣는다. 새벽부터 시작했던 빵 만들기가 그렇게 빗소리나는 저녁때쯤 끝난다. 나이가 한 해 두 해 쌓여가면서 가게를 운영하는 일에 지치는 날이 늘어간다. 그럴 때면 이렇게 아무 일 안 하는 시간을 굳이 만든다. 대략 한 시간 정도.

일단 무심코 열어놓은 창밖으로 시선을 돌리고 바람 소리만 들어도 좋고 비 오는 날엔 빗소리, 그렇지 않으면 그냥 조용한 그 자체로 가만히 앉아 나를 놓아둔다. 그럴 때면 자주 시간에 대해 생각해본다. 오늘이라는 하루 동안의 시간은 어제의 다음날, 내일의 전날이라는 순서적인 의미에서 좀더 크게 생각해보면, 나 자신의 의지를 개입시키기에 가장 적절하고 현실적인 시간이다. 빵을 만드는 가게 일로 예를 들자면 어제의 결과로 오늘을 보내고 내일을 준비하는 시간으로 오늘을 보내는 건 다분히 직업적인 과정이고, 감성적으로 오늘 하루를 정의해보면 내 생각의 가장 큰 모양을 만들기 위해 노력하는 이런 시간이야말로 가장 귀한 부분일 것이다.

서른 살 넘어 빵 만들기를 시작하고 지금껏 빵과 함께하는 삶을 살고 있지만, 이 일 자체를 숭고한 삶의 목적으로 삼고 있지는 않다. 남들처럼 먹고살기의 한 방편으로 이용하는 면도 있지만, 이제는 그 선을 살짝 넘어 더 재미있는 일, 아직도 부족한 빵 만들기의 지식을 쌓는 일에 힘쓰며 다가올 시간들도 늘 빵과 함께하고 싶다는 꿈을 꾸고 있다.

빵 만들기 이전의 좀 "후지고" 별로 특별하지 않은 삶이 결국은 내 삶이 여기까지 와닿을 수 있도록 이끈 중요한 과정이었음을 깨달았다. 나와 사람들, 그리고 그 사이에 놓인 빵은 스스로를 솔직하고 진지하게 표현할 수 있는 방법을 알려주었고, 또한 사람들의 이야기를 변형 없이 들을 수 있는 평온함을 주었다. 나의 도달점은 다가오는 어느 시점의 미래가 아니라, 오늘의 빵을 만들고 내일의 빵을 준비하는 과정 속에 이미 존재할 수도 있다. 늘 어딘가에 있을 것 같은 자유로움은 시간과 여유가 생겨야 얻는 것이 아니다. 내가 내 의지대로 하나의 일을 시작하고 마무리하는 과정을

자유롭다 표현할 수도 있다고 생각한다.

지난 시간은 기억으로 경험으로 남지만 내 의지로 바꿀 수는 없기에 어쩔 수 없이 그대로 받아들인다. 그러나 내일은 오늘 자고 나면 생기는 자연스럽고 당연한 단계가 아니라는 생각이 든다. 내일은 오늘의 행동에 따라 무한하게 바뀔 수 있고, 극단적으로 없을 수도 있다. 결코 무심하게 다가오는 시간이 아니라는 것이다. 좀 격한 비교일지는 몰라도, 어제 운명을 달리한 사람에게는 세상 무엇보다도 소중한 것이 오늘이라는 시간이 아닐까 한다. 우리는 알고 있다. 공기가 늘 있을 거란 생각에 호흡하고 있음을 잊고 사는 것처럼.

그럼 오늘은 어떻게 살 것인가. 물론 열심히 보내야 하는 것도 맞지만, 그 시간을 어떻게 받아들일 것인가 하는 문제에는 반드시 본인의 의지가 개입되어야 한다. 싫든 좋든 그 하루 동안에도 수많은 선택을 하는데, 본인 생각과 같은 선택도, 어쩔 수 없는 다른 선택도 해야 한다. 하지만 결국 결정은 스스로 하는 것이다. 오늘 하루, 좀더 자신다운 모습으로 사는 경우가 많기를 바란다. 행복하고 싶다. 오늘의 할 일을 올 수 있을지 없을지 모를 내일로 미루지 않기를 원한다.

세상 한가운데서 나는 밀가루와 물을 섞고 그 반죽에 내 체온을 더한다. 그렇게 고스란히 빵 하나를 만든다. 나는 원하는 빵을 만들고 있고, 바쁘고 고단하지만 몸에서 빵냄새를 풍기며 가게를 나온다. "수고했고, 멋지다"라고 오늘도 스스로에게 말을 건넨다. 따뜻한 마음으로, 혹 누군가의 손을 잡아주어야 할 때 차갑지 않게 잡아줄 수 있을 것 같다. 오늘 잘 살고 있다고. 기도하는 마음으로 말해본다. "저는 아직 버틸 만하고, 나름 행복하니 저까지 신경쓰지 않으셔도 됩니다!" 열린 창문 너머로 보이는 저녁하늘에 미소가 번진다.

## 크랜베리 바게트

**레시피(1배합)**
강력분 800g, 중력분 200g, 이스트 5g, 소금 18g, 물 660ml, 몰트 10g, 르방 발효종 200g, 크렌베리 150g, 호두 150g.

* 르방 발효종: 하루 전 발효초종 20g, 강력분 80g, 물 100ml을 믹싱 후 실온(25℃ 기준) 12시간 발효.

* 크랜베리: 건조크랜베리 + 정종(12시간).

**공정**
믹싱 - 1차 발효(1시간) - 분할(230g) - 벤치타임(10분) - 성형(막대형) - 2차 발효(50분) - 오븐에서 굽기(230℃, 스팀, 18분).

바게트를 만들던 중 다른 재료를 넣어 만들어볼까 하는 생각이 문득 스쳤다. 크랜베리와 호두를 반죽에 넣고 약간만 섞어주는 것이 포인트다. 크랜베리와 호두가 부서지면서 함께 섞여버리면 깔끔한 맛이 떨어지므로 주의해야 한다.

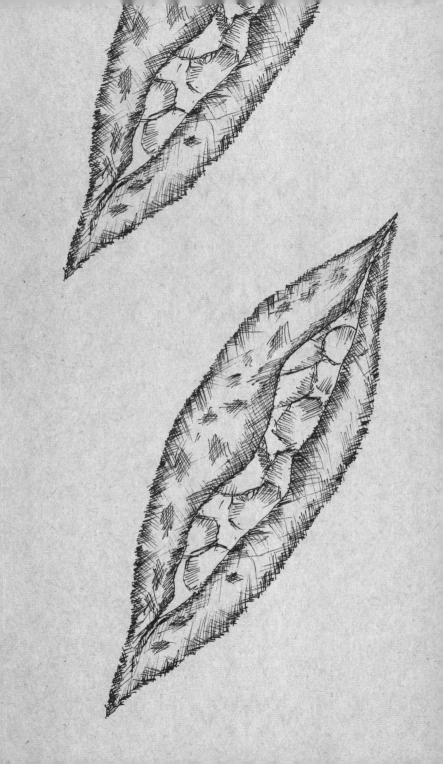

# 무화과호밀빵

## 레시피(1배합)

호밀가루 500g, 강력분 500g, 통밀 10g, 생이스트 6g, 소금 9g, 물 600ml, 호밀사워종 200g, 몰트 20g, 호두 70g, 건포도 70g.

* 무화과: 건조무화과 약 400g + 정종(12시간).

* 호밀사워종: 호밀사워종 20g + 호밀가루80g + 물 100ml을 믹싱후 실온(25℃ 기준) 12시간 발효.

## 공정

본반죽 믹싱 – 1차 발효(30분) – 분할(150g) – 벤치타임(10분) – 성형(무화과 충전) – 2차 발효(30분) – 오븐에서 굽기(230℃, 스팀, 20분).

어느 제빵대회에 나가서 만들었다가 꼴지를 했던 빵이다. 공정이 너무 단순하다는 이유로 좋은 점수를 받지 못했던 것으로 기억한다. 성형 후 발효하지 않고 바로 오븐에서 구워내야 맛있다. 단단하지만 꼭꼭 씹어먹다보면 여러 건과일과 호두가 조화롭고 힘찬 맛을 낸다. 그중에서도 단단한 무화과의 쫀득함과 호밀반죽의 향이 그 특징을 대표한다.

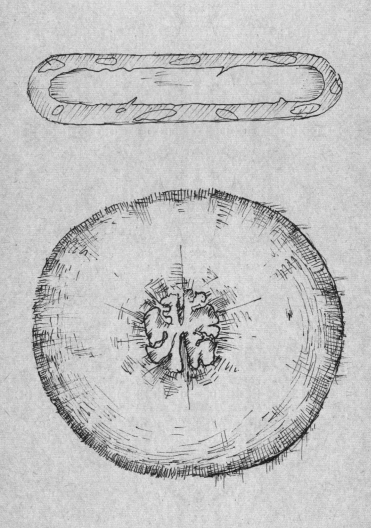

# 호두크림치즈빵

## 레시피(1배합)

강력분 800g, 곡물믹스 200g, 생이스트 40g, 탈지분유 20g, 설탕 60g, 소금 10g, 버터 100g, 계란 1개, 호두 150g, 물 500ml, 크림치즈 개당 약 50g.

## 공정

반죽 믹싱 – 1차 발효(60분) – 분할(70g) – 벤치타임(10분) – 성형(크림치즈 충전) – 2차 발효(60분) – 오븐에서 굽기(220℃, 15분).

질 좋은, 그래서 꽤 비싼 크림치즈를 넣고 잡곡과 호두가 들어간 반죽으로 감싸 철판 두 장 사이에 넣고 납작하게 굽는다. 한 외국분이 가게 앞 계단에 털썩 앉아서 이 빵 안의 크림치즈를 짜내서 바게트에 발라 먹고 있던 풍경이 기억난다. "크림치즈가 너무 많아." 그 한마디에 크림치즈의 양을 줄여볼까 싶어 이야기해보았더니, 그는 미소지으며 "No"라고 대답했다.

# 막걸리발효종을
# 이용한 바게트

**레시피(1배합)**
강력분 800g, 중력분 200g, 소금 18g, 이스트 5g, 몰트 10g, 물 660ml, 막걸리발
효종 300g.

* 막걸리발효종: 생막걸리 150ml + 강력분 150g 실온(25℃ 기준) 12시간 발효.

**공정**
본반죽 – 1차 발효(60분, 반죽 온도 24℃) – 분할(380g) – 벤치타임(10분) – 성형 – 2차
발효(50분) – 오븐에서 굽기(230℃, 스팀, 20분).

어느 날, 소주를 좋아하는 나의 취향에 하나의 혁명이 일어났다. 탄산이 많이 함유된
복순도가 막걸리는 내 입맛을 단숨에 사로잡았고, 이 막걸리로 빵을 만들어볼까 하는
생각으로 금세 발전했다. 결국 막걸리발효종으로 바게트를 만들어보았는데, 중후한
식감이 일품이었다. 누군가는 "술빵"을 만든다 쉽게 말하기도 하지만, 손수 빚은 막걸
리로 빵을 만드는 감사함을 늘 가슴속에 진하게 담아두고 있다.

# 호두잡곡식빵

**레시피(1배합)**
강력분 800g, 곡물믹스 200g, 생이스트 40g, 탈지분유 20g, 설탕 60g, 소금 10g, 버터 100g, 계란 1개, 호두 150g, 물 500ml.

**공정**
믹싱 – 1차 발효(60분) – 분할(500g) – 벤치타임(10분) – 성형(식빵틀) – 2차 발효(60분) – 오븐(200℃, 28분)

개점 초기에 어느 연세 많은 분께서 맛이 참 일정하게 없다고 투정하시며 매일 사가던 빵이다. 지금은 가게 창밖으로 지나가시다가도 나를 보고 환하게 웃으며 손을 살짝 흔들어 인사를 하신다. 10년 후에도 그분이 이 빵을 계속 찾으면 좋겠다. 그러려면 나도 그때까지 계속 빵을 만들고 있어야 할 것이다. 꼭 그랬으면 하는 바람이다.

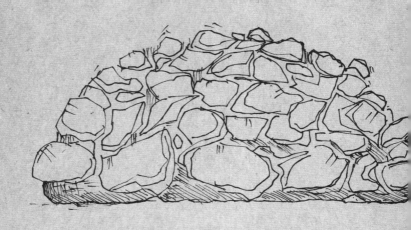

# 소보루빵

**레시피(1배합)**
강력분 700g, 박력분 300g, 생이스트 40g, 설탕 200g, 계란 2개, 소금 10g, 버터 150g, 물 300ml, 우유 200ml.

* 토핑: 버터 700g, 땅콩버터 150g, 설탕 900g, 중력분 1400g, 물엿 150ml, 계란 3개, 베이킹파우더 30g, 옥수수가루 150g, 탈지분유 50g.

**공정**
1. 반죽: 믹싱 – 1차 발효(40분) – 분할(60g) – 냉동 휴지(1~3일) – 해동 – 토핑 – 발효 – 오븐에서 굽기(200℃, 13분)
2. 토핑: 버터 + 땅콩버터 + 설탕 + 물엿 → 크림화 → 계란 믹싱 → 가루분(베이킹파우더, 옥수수가루, 탈지분유) 섞기 → 냉장 휴지

소보루빵은 가게를 처음 열 때부터 줄곧 만들었으나 신제품이 늘어나고 아무래도 많이 팔리는 빵을 더 생산하다보니 살짝 구석으로 밀려났었다. 언젠가부터 남는 날이 많아져 잠시 생산을 중단했었다. 처음 가게를 열었을 때는 하나하나 모두 소중한 빵이었는데, 잘 팔리는 빵 뒤에 숨겨왔던 자만을 비로소 마주하게 된 것이다. 소보루빵은 내 초심을 되찾게 해준 귀한 빵이다.

# 매일의 빵

**오월의 종 베이커 정웅의 빵으로 가는 여정**

ⓒ 정웅 2019

초판인쇄  2019년 5월  2일
초판발행  2019년 5월 16일

지은이  정웅
펴낸이  염현숙
기획 · 책임편집  이경록 | 편집  박영신
디자인  백주영 | 마케팅  정민호 이숙재 양서연 안남영
홍보  김희숙 김상만 이천희
제작  강신은 김동욱 임현식 | 제작처  영신사

펴낸곳  (주)문학동네
출판등록  1993년 10월 22일 제406-2003-000045호
주소  10881 경기도 파주시 회동길 210
전자우편  editor@munhak.com | 대표전화  031) 955-8888 | 팩스  031) 955-8855
문의전화  031) 955-3578(마케팅) 031) 955-3572(편집)
문학동네카페  http://cafe.naver.com/mhdn | 트위터  @munhakdongne
북클럽문학동네  http://bookclubmunhak.com

ISBN  978-89-546-5626-9 03810

www.munhak.com